suncolor

時光欠我一個你

尾巴

suncolor
三采文化

目錄

01 起點

有時候，我會陷入焦慮，我現在所做的，是最好的選擇嗎？

要是可以先知道結局再來選擇就好了。

這樣子，我的人生，是不是就能夠不一樣了？

或是說，有沒有旁觀者看得比我還要清楚，能幫我做出選擇呢？

也許我該從故事的起點開始說起，這樣子大家或許比較能夠理解我的猶豫。

萬宇漢，是個擁有粗獷名字，長相卻十分清秀的男孩。

我第一次看到他，是在國小二年級的時候，他從別的縣市轉學過來，身上穿的還是上一間國小的制服。他看起來有些靦腆，甚至不敢抬起雙眼環顧教室的每個人，只管低頭看著那不合年齡的閃亮皮鞋頭，不安地前後擺動。

「他叫做萬宇漢，最近剛搬家過來，大家要好好跟他相處喔。」老師在台上簡短地為他介紹，並鼓勵萬宇漢多說一些話讓大家認識他，但這男孩捏緊著自己的書包袋，盯著自己的鞋頭，依舊一語不發。

「那好吧，大家再自行找宇漢聊天。宇漢，你的位子就在盛真卉旁邊——來，真卉舉個手。」

被老師點名的我舉起手。這是萬宇漢第一次抬起頭，視線順著我高舉的小手一路來到我的雙眼，然後很快地又低下頭。

與他對上眼的瞬間，我的心臟好像跳快了幾拍。

接著他小步從講台下來，走到了我旁邊。他並沒有多看我一眼，反倒是我看了他好幾眼，白皙的肌膚、長長的睫毛、紅潤的雙唇、大大的眼睛、濃密的眉毛……

和班上的男生完全不一樣，他看起來就像是童話故事裡面的白雪王子。真是不公平，為什麼男生可以長得這麼好看呢？

這大概就是我對他的第一個印象，安靜膽小的白雪王子。

◆
◆
◆

在國小二年級的年紀，男女生雖然偶爾會針鋒相對，但大多時候還是會玩在一起，只是我們的小王子從轉學過來到現在兩個禮拜了，每節下課都只會坐在位子上看著自己的書。即便有人和他搭話，他也只是唯唯諾諾的，無法完整地說完一個句子。

又或是當男生約他打躲避球的時候，他也只是用螞蟻才聽得到的聲量說：「我不會打球。」

旁邊的人總是「蛤」了老半天，萬宇漢的聲音還是小聲得要命。面對一個難聊又不合群的人，久而久之，大家便不太會主動找他說話。

「盛真卉，妳和宇漢王子有說過話了嗎？」

即便萬宇漢和大家聊不來，但他畢竟擁有著絕美的外表，還是可以讓小女生們春心蕩漾。對於就坐在萬宇漢身邊的我，大家寄予厚望，總認為我們能夠好好相處。

可惜的是，她們失望了。怎麼會有那樣的幻想呢？

萬宇漢別說和我講話了，除了他轉學來的那一天之外，我們甚至沒有對上眼過。

所以我立刻搖頭，這讓女生們都露出失望的表情。

正常來說，到了這邊應該要打退堂鼓了吧？但她們卻把這重責大任交到我身上，要我成為全班第一個和萬宇漢熟悉的人，並擔任橋梁工作，將萬宇漢這靦腆男孩拉入我們班級。

「為什麼？」我忍不住吶喊。

「因為妳坐在他旁邊啊！」她們超級理所當然。

「我不要！」

「不然這樣，如果妳做到的話，那我們每個人都可以讓妳挑一張美少女戰士貼紙！」她們提出了超級有誘惑力的條件。

這讓我瞬間猶豫，小心問道：「連稀有版的我也可以挑？」

幾個女同學面面相覷，然後露出壯士斷腕的神情。「對，都可以！」

對國小二年級的我來說，班級就是我的全世界，班上的人緣就是人生最重要的事情，我可不能因為一個帥哥轉學生而毀了同學的信任，斷送了我的友情。

當然，美少女戰士的稀有版貼紙也很重要就是，哈。

所以我只能毅然決然地接下這個工作，拍拍胸脯保證說：「交給我吧？」

請問，要如何讓靦腆轉學生放開心胸，快點融入班級呢？

就是超越羞恥心即可。於是我採用了死纏爛打招數，向老師詢問了萬宇漢的地址，決定要每天和他一起上學。

萬宇漢住的地方是棟高級大廈，我會知道「高級」是因為媽媽經過的時候曾說「這大樓很貴啊～～真希望我們住在這邊」之類的話語。

所以我在心裡默默又幫萬宇漢的人設加上一筆——他家很有錢。

當我揹著書包在大廈前來回走著，一邊看著手錶擔心會不會遲到時，總算看見小小的萬宇漢慢吞吞地從裡頭走出來。

我立刻揮手大喊：「萬宇漢！」

他嚇了一跳似地抬頭，先是左右看了下，最後終於注意到在前方跳躍的我。

「妳、妳怎麼……」他斷斷續續，卻說不出個完整句子。

「我來接你一起上學～～」我輕快地拉起他的手，擔心快要遲到，開始往前跑。

「妳怎麼知道我家住在哪裡？」他不明所以地被我拉著跑。

「我問老師的。我說我要接你上學，老師也很高興。」老師似乎也很煩惱萬宇漢無法加入班上團體，聽到我說出這宛如救命繩索般的提議，幾乎感激涕零。

「老師怎麼沒有注意我的隱私……」

萬宇漢說出隱私兩個字讓我有點驚訝，所以停下了腳步，轉過頭。他那被我拉著跑而喘氣的模樣和通紅的臉蛋，頓時讓我覺得他超級可愛。

「小孩子要什麼隱私？」雖然當時才小二，但是我也大約知道隱私的意思，只是小學二年級的我並不覺得那有什麼重要。況且我爸媽也很愛說這句「小孩子要什麼隱私」，所以我只是照樣說出，並不是真的那麼認為。

「大家都需要隱私。」

聽著萬宇漢說著和他年齡不符的話，我忽然理解到，或許他也是從家裡大人嘴中聽到的。

「不管啦，反正以後我都會來接你上課。」

「為什麼？」

「不然你一個人很可憐。」我才不會說是因為班上女同學拜託，更不會說是因為美少女戰士。

然而萬宇漢沒有說話，只是低頭看著自己的皮鞋。

「你應該要穿球鞋。」

「爸爸說男孩子穿皮鞋才好看。」

「但是這樣就不能打球了。」

「我不喜歡打球。」

「為什麼不喜歡？班上男生都很喜歡。」

「那是因為有人陪他們打球。」他嘀咕。

萬宇漢今天話挺多的啊。「你穿皮鞋，當然沒人跟你打。你穿球鞋，就會有人跟你打啦？」

「我不是那個意思。」

但他沒說下去，我也沒了耐性。

「不管，反正你明天就是要穿球鞋，然後跟我一起打躲避球。」我鴨霸地說，因為我賭靦腆的萬宇漢不敢反駁我。

結果如我所料，他還真的沒頂嘴。於是我滿意地再拉起他的手，朝學校跑去。

「為什麼要牽我的手？」他問。

「牽手不行嗎？大家都會牽手。」我搖晃了一下我們的手。

「……我不知道。」

「你是不是很笨呀？」我笑笑地說。

萬宇漢嘟起嘴，低聲說：「我才不笨。」然後輕輕地回握我的手，偷偷露出一個可愛的微笑。

不知道怎麼回事，這小小的微笑讓我心情很好。

班上的同學們看見我和萬宇漢一起來上課，睜大眼睛偷偷地對我比了讚，我則眨眨眼睛當作回應。

有了和萬宇漢的第一次對話以後，我上課會故意丟紙條給他，下課也會找他搭話，雖然他幾乎不會回應，但某堂下課我急著上廁所，回來發現他居然有點慌張地站在教室門口東張西望，直到見了我才鬆一口氣，卻又怕我發現，趕緊跑回座位上看書裝沒事。

這讓我整個心花怒放，告訴自己一定要更纏更黏，這樣這位少年一定很快就會和大家打成一片。不只上學時接他，就連放學時我也會和他一起走，畢竟他家在我回家的路線上，只需要多轉一個彎罷了。

「記得明天一定要穿球鞋喔。」送他到家門口後，我叮嚀。

他沒有回話，然後隔天繼續穿著那雙看起來很昂貴的皮鞋。

之後不管我每天跟他叮嚀多少次，他都還是穿著皮鞋來上課。而且即使我不在的時候，萬宇漢會找我，但我平常跟他說再多的話，他也不太回應。但反正我也不在乎他有沒有在聽，畢竟耳朵就是長在那裡，他不想聽也得聽。

只是萬宇漢遲遲不肯加入大家的球類活動，或是和我以外的同學「互動」，這讓班上的女同學開始失去耐心，甚至給了我期限。

我有點焦急，要是不能在期限內拿出相對的好感成績，那我的美少女戰士稀有版的貼紙就拿不到了！

「我可以去你家玩嗎？」這天，在送他到大廈門口時，我開口。

面對我突如其來的要求，萬宇漢有些驚訝，但也僅僅是眼睛睜圓的程度。

「我每天都會帶鼠鼠去散步，所以我等一下帶牠出來散步的時候，順便去你家玩好嗎？」親密感的大提升，就是要去對方家裡玩耍。

「鼠鼠……散步？」

「對啊，就我說過的，我們家的寵物。牠很可愛喔，你不想看嗎？」我極力推薦，而且我家鼠鼠最可愛，沒有人可以抗拒牠的可愛攻勢！

「牠……需要散步？」

「當然需要，不然在籠子很可憐欸。」對於萬宇漢難得表現出如此多的反應，我乘勝追擊。

「喔……」他似乎在沉思。「但是我家──」

「那就等等見啦！掰掰。」聽起來他快要拒絕我了，所以我立刻跟他揮手道別，轉身離去。

我似乎聽見萬宇漢在後頭喊些什麼，但是聽不清楚，也不想聽清楚。

回到家後，我立馬換掉身上的衣服，並且帶上鼠鼠和牠的玩具，又急匆匆地朝萬宇漢的家中跑去。由於這些日子我每天報到，警衛也看過我和萬宇漢走在一起，他似乎認為我們是兩小無猜的小可愛，便對我揮揮手，直接讓我上去了萬宇漢的家。

這還是我第一次進來這座高級大廈裡頭，那富麗堂皇的大廳和電梯看得我眼花撩亂。我在警衛的幫助下按到了十三樓的鈕，原本還煩惱萬宇漢的家會是哪一邊，但電梯門一開，才知道貧窮限制了我的想像——這一整層只有一戶人家。

「哇……」我還來不及讚嘆，大門已經打開，穿著便服的萬宇漢皺著眉頭很困擾的樣子。

「妳居然就——」他話沒說完，驚訝地低頭看了鼠鼠。

「你怎麼知道我來……啊，警衛伯伯說的嗎？」

「這就是鼠鼠？」

「對呀！」

「鼠鼠是狗？」他驚訝地看著我腳邊的瑪爾濟斯，鼠鼠正快樂地搖著尾巴。

「對啊，不然你以為是什麼？」

「我以為是老鼠！」

「難怪你有那麼奇怪的反應。」我哈哈大笑，然後就要往他家走去，但是他立刻關上了門。

「我爸來了，不行。」他說，然後打開一旁的鞋櫃，拿出了一雙幾乎跟他一樣白的布鞋。「我們去外面玩。」

哇！他要和我去外面玩，這也是親密度提升的一種啊！

我當然同意，加上這樣還可以帶鼠鼠散步，很好。

我看著穿著白球鞋的萬宇漢，不知道為什麼，覺得他這樣順眼多了。

◆◆◆

「哪有人把狗取名字叫做鼠鼠。」萬宇漢牽著鼠鼠的牽繩，走在我的側邊。

「很可愛啊，你才是第一個把他當作老鼠的人。」

「因為我想說……算了。」他的嘴角掛著笑意。

他今天心情好像很好，是因為喜歡小狗的關係嗎？

「你穿球鞋這樣不是很好嗎？為什麼都不穿球鞋來學校？」

「……我明天穿。」

「真的嗎？那你願意和我們一起打球了？」

「嗯。」他點頭。

「耶～～」我開心地拍手。

「我能和妳一起玩，妳開心嗎？」

「當然開心！」

「為什麼？」

「因為這樣我就——」有美少女戰士貼紙。「我就很開心啊，我們是朋友啊～～」

聽到我這麼說，萬宇漢露出了一個好看的笑容。夕陽西下，餘暉染橘了他白皙的臉，看起來暖烘烘的，除了可愛以外，好像還多了一點點的，其他的東西。

我其實並不知道自己做對了什麼，是帶了鼠鼠去，還是說堅持要去他家？總之萬宇漢隔天真的穿了和昨天一樣的球鞋來學校，並且在我邀請他一起打躲避球時答應了，全班都發出了驚呼。

即便當時大家都覺得萬宇漢難相處而不跟他說話，可是當一個可愛的男孩敞開心胸加入遊玩的行列時，大家還是受寵若驚地張手歡迎。

孩子的時光如此單純，可以輕易和一個人不說話，也可以輕易和好並一同玩樂。

於是，萬宇漢就這樣融入了大家，而我也因此換到了許多美少女戰士稀有版的貼紙，讓我的貼紙簿增添了不少風采。

不過好景不常，放暑假的前夕，萬宇漢不知道為什麼又縮回了自己的殼內，又是那個總是穿著皮鞋來學校的他了。

他不和其他人說話，也不和其他人玩耍，唯獨還是會和我一起上下學。我問過他怎麼了，但他只是搖頭，然後說想跟鼠鼠玩，那天我就會帶鼠鼠和他一起去散步。

可是，班上有些女生卻覺得恢復以往的萬宇漢不是萬宇漢，甚至還要求我把稀有版貼紙還給她們。

「為什麼?!」聽到這荒唐的要求，我大喊。

「本來就是，萬宇漢現在不和我們玩了，只和妳一個人玩，當然要把貼紙還給我啊。」小蘋說。

「但是他之前有和妳們玩啊，哪有這樣就要把貼紙拿回去的！」我有點生氣，她們兩個趁著打掃的時候，來到我負責的外掃區處跟我要貼紙，而且都過了半年了耶。

「反正妳本來不就是為了拿到稀有版貼紙，才會答應讓萬宇漢能融入大家嗎？現在沒有了，就該還來啊！」小果也跟著說，她們這對小蘋果雙胞胎真是一搭一唱。

「是這樣沒錯，可是現在又不是我的問題，哪有給人了又要拿回去？」我抱怨，這對雙胞胎的稀有版貼紙是像鑽石閃閃發亮的那種，我才不要還。

「我就是要拿，現在萬宇漢只跟妳玩，不公平。」小蘋抱怨。

「哪有什麼不公平！」

「就是有，還是說妳喜歡他？不然為什麼還要繼續跟他一起上下課？」小果又說。

不知道為什麼，我忽然想起了夕陽下的萬宇漢，染了橘紅的笑臉是那麼可愛。

也正是因為我這樣的停頓，讓小蘋果雙胞胎有了無限想像。

「哇……真的假的，盛真卉喜歡萬宇漢嗎？」雙胞胎驚訝地睜亮了眼睛。「我要告訴大家！」

「誰會喜歡那種娘娘腔的男生啦！」我下意識地大聲否認。

但是雙胞胎的眼神看向我的後方，我一驚，轉過頭，發現萬宇漢就站在身後。

他看起來有點震驚，然後往後退了一步，嘴角似乎扯了一個微笑，雙眼看著地上，似乎要抬頭看我，下一秒卻轉身離開了。

「萬——」我想叫他，卻不知道自己要解釋什麼。

「哇，慘了。」小果吐吐舌頭。

「算了，我們不拿貼紙了。」小蘋也趕緊拉了小果的手離開現場。

我抓著自己的胸口，過了好久才回教室。

萬宇漢坐在位子上，直挺挺地看著黑板。

那天放學，我不敢找他一起走，而他也沒有等我。

然後就是暑假，我好幾次在大廈前徘徊，卻遲遲不敢請警衛通知，就這樣斷了聯絡整整兩個月。三年級後，我們分在不同的班級，直到小學畢業前，我們雖然都在同一個學校，但再也沒有說過話。

02 傷口

「盛真卉，我聽說了一件事情！」劉婕方睜圓眼睛，一臉興奮，鼻孔還些微張大。

「妳的臉好醜。」正在吃紅豆麵包的我忍不住笑。

「什麼時候了還吃紅豆麵包！」她用力打掉我手上的麵包。

「妳做什麼啦！食物無罪啊！」我立刻撿起被打掉的麵包，繼續吃著。還好，麵包沒掉出袋子。

「齁！妳夠了，跟我過來！」她拉起我的手，一路拽著我來到走廊邊的欄杆，超級用力地扭我的頭要我往下看，讓我差點以為自己會被推下去。

「看什麼啦！」我哀怨地咬著紅豆麵包。

「看下面啦！」劉婕方粗魯地壓著我的頭，將我的視線轉到了特定位置，然後看著下方的一群人。

其中一個男孩一手拿籃球，另一手拿著礦泉水，其他人以他為中心聚在一塊聊天，看起來像是運動過後在休息、補充水分的畫面。

「……怎樣？」我咬下最後一口紅豆麵包。

「什麼怎樣？」劉婕方雙手壓在我左右兩邊的太陽穴，將我視線固定在那個拿籃球的男生。「萬宇漢啊！」

「我知道他是萬宇漢啊。」我說。

「妳和他國小同班過？」

哇，她是哪裡得到的消息啊，我是和他國小二年級同班耶，也就同班那一年，現在都已經國二了，多久以前的事情。

「對、對啊。」結果不知怎地，我居然回答得有點心虛。

「妳怎麼從來沒跟我講過？」劉婕方用力將我的頭轉過來面向她，眼珠子簡直要掉出來了。

「那是國小二年級欸，而且我們之後也沒說過話，講要幹麼？」我咕噥。

「當然要講啊！我以為萬宇漢是遙不可及的存在，沒想到我最要好的朋友曾經和校園王子同班，這根本是認識他的大好機會啊！」

是呀，校園王子。

以前的萬宇漢是我們班上的白雪王子，那時的他白皙、可愛又靦腆，還不太愛講話，雖然會和大家打躲避球，但運動神經並不發達，還被砸到臉好幾次。

但國二的他忽然長高很多。雖然沒再和他講過話，但我曾經聽過他上台領獎時發表感言，他的聲音變得低沉，皮膚也因時常打球而曬得不像以往那麼白皙，但比起一般的男生還是顯白。

他風趣又開朗，身旁總是圍著男男女女，完全是人群中心。

我記憶中的萬宇漢，和現在的萬宇漢，簡直是兩個人。

「不可能啦，他對我不會有印象的。」而且說不定很討厭我。

「為什麼？他說不定記得妳啊！」

我不想要他記得我。

這樣他就不會記得，我是因為美少女戰士貼紙才跟他做朋友，也不會記得我罵他娘娘腔。

雖然，我並不是真的那麼覺得……

啊！算了，好煩！

「反正國小二年級是很久以前的事情了，妳別妄想要我介紹你們認識之類的，別吵我。」我擺擺手往教室走去，劉婕方則在走廊喊著我沒人性。

誰會知道，當初的萬宇漢成為了如今的模樣呢？

現在的他就連穿制服的日子，腳上也都是一雙球鞋。

◆◆◆

剛才還是藍色的天空此刻烏雲密布，我從走廊探出頭看了看天空，這要下不下的狀態讓我猶豫是不是要去打掃。

我負責的外掃區域離教學大樓有點遠，要是途中下雨了，那邊沒有屋簷可以遮掩，跑回教學大樓也要一段路，不管怎樣我都會全濕，而且今天又沒帶雨傘。

不然偷懶算了，啊，可是衛生股長很凶……

「啊！不管了！」心一橫，與其在這邊猶豫，不如快點過去快點打掃，趕在下雨前回到教室就行了吧！

我立刻衝了出去。跑到一半，天空響起悶雷，我暗罵了一聲，來到外掃區域，立刻用夾子快速挾起飲料空瓶等垃圾塞到垃圾袋中。這時我感覺到頭頂被水滴到，抬頭只見天空更暗了，隱約還可見在烏雲之後一閃一滅的雷光。我加快手上的速度，把所有東西都塞到垃圾袋中，準備轉身就往教學大樓跑——

嗚。

但一個聲音卻吸引了我的注意。我以為自己聽錯了，停下腳步仔細聽，忽然天空一個大雷，接下來是滂沱大雨，而我卻在這轟隆聲中聽見了那微小的呼喊。

嗚……汪汪……

我立刻放下手中的垃圾袋和夾子，往花圃中間走去快速翻找著。我不會聽錯小狗的叫聲，所以這邊一定有！

終於在我幾乎全身濕透的情況下，在花圃深處找到了一隻右前腳穿著白襪子的小黑狗，小到幾乎是剛出生沒幾個月。牠躲在深處瑟瑟發抖，看起來十分害怕。

「乖，不要怕，過來，我帶你去避雨。」我蹲在前方對牠招手，但是小黑狗卻警戒地發出低吼。

牠真的太小了，一點威脅也沒有，可是我擔心嚇到牠，只能緩緩前進。

「沒關係，不要怕，我——」

話沒說完，小黑狗忽然豎起了耳朵，尾巴也微微晃動。

「黑點！」一個熟悉卻又陌生不已的聲音從背後傳來。

我回頭，見萬宇漢撐著傘，臉上寫著擔憂，卻在看到我的時候愣住了。

「汪汪！」小黑狗搖著尾巴朝萬宇漢奔去，但天空又落下大雷，小黑狗被嚇得縮了起來，正巧跑到我身邊，我一把將黑狗抱到懷中。

「妳怎麼沒撐傘？」萬宇漢則立刻衝進花圃，也不管他的白球鞋會被土壤弄髒，更不管原本沒濕透的他此刻把傘撐在我上頭，導致自己也全濕了。

「我們先去躲雨！」我喊著，以為他會往教學大樓去，但他拉住我的手，往比較近的資源回收場跑去。

我嚇了一跳，看著他毫不猶豫地握住我的手腕，感覺那炙熱的溫度從被碰觸之處燒起來，衝至我的臉龐。

以前，是我這樣抓著他的手，當時我們還是單純得沒有任何心思的孩子。如今久未聯絡的我們，他這樣抓起我的手，對我來說，意義已經不同。

我在內心拜託他千萬不要忽然回頭，因為我認為自己的臉已經紅了起來。

我們在有傘的情況下，還是渾身濕透地來到了資源回收場。這裡在同學的努力下乾淨整潔也無異味，大雨嘩啦啦地落在鐵皮遮陽板上。

萬宇漢鬆開了我的手，摸摸鼻子，看起來像是有點尷尬。燥熱感消失後，我才開始因為渾身濕透而有點冷。我忍住想打噴嚏的衝動，卻止不了瑟瑟發抖，而小黑狗在地上甩乾了毛以後，在萬宇漢的腳邊磨蹭。

他掛著溫柔的微笑蹲下身，撫摸小黑狗的頭。

「你剛剛叫他黑點？」

為了打破沉默，我決定率先開口。

「嗯，我前幾個禮拜發現牠的。」萬宇漢從口袋拿出了一塊放在塑膠袋中的小麵包，撕成碎片餵食牠。「明明是妳的外掃區域，妳都沒發現嗎？」

「我剛才才聽見牠在叫……」我一愣。「你怎麼知道那邊是我的外掃區？」

他頓了一下，並沒有回答。

這是小二以後，我們第一次說話。

「鼠鼠還好嗎？」

「啊……」沒想到他還記得，這讓我莫名地感動。「原來你還記得牠啊……」

「怎麼會忘，我們那時候常一起散步。」手指撫摸著小黑狗的下巴，他溫柔地笑了。

「誰會把狗的名字取做老鼠呢？」

「因為牠是鼠年出生的啊。」我咕噥。

萬宇漢稍微算了一下。「那牠現在也是老狗了吧？」

「牠前幾年就離開了。」

「是喔。」他停下手上的動作，抬頭看我。「妳還好嗎？」

「沒事啦，都這麼久了，而且鼠鼠也是老狗狗了，所以……」不知道為什麼，我忽然很想哭。

鼠鼠的死的確讓我很難受，但是我們家早就釋懷了，只是偶爾想到鼠鼠，還是會非常寂寞，身邊少了個白色毛茸的陪伴。

只是此刻，我卻參雜了更多情緒。

或許是經過了這麼久，沒想到萬宇漢還記得我，還會跟我說話；又或許是我一直以來，對當年那句娘娘腔感到愧疚，卻遲遲無法坦率道歉，但他卻無事般地與我搭話，在某種程度上拯救了我。

「妳聽過接班狗嗎？」萬宇漢依舊蹲著撫摸小黑狗。從剛才到現在，他都沒有看我。「我家沒辦法養狗，黑點也不能一直在這裡，牠會長大，要是被發現了，可能會被趕出學校。」

「我家可以養。」我立刻回應，同時眼淚也掉下來，使得我的聲音沙啞萬分。這讓萬宇漢抬起頭看我。

他一瞧見我的眼淚，先是張大嘴，但很快又立刻轉過頭去，垂下頭悶聲說：「我現在沒有乾的衣服可以讓妳穿……所以妳可能要先用旁邊的垃圾袋……」

「什麼意思……」

我看著萬宇漢的背，能清楚瞧見他穿在襯衫裡頭的白色T恤，才恍然大悟地低頭看自己的胸前，我的白色內衣展露無遺。

「啊！」我立刻用手遮住胸前，注意到低頭的萬宇漢耳根泛紅。所以他才一直不看我嗎？

應急之下，我拿起一旁的藍色垃圾袋蓋住胸前，又打了個噴嚏。

「我教室有放運動服外套，妳照顧黑點，我去拿給妳。」他聽見我的噴嚏，起身把黑點抱起來，然後別開眼神地將黑點遞到我面前。

「沒關係，我教室也——」

「怎麼沒關係，妳要這樣子走回去？」他認真地說。「抱著黑點遮好，我回去拿，妳在這邊等我。」然後強勢地不許我拒絕。他以前明明不是這樣的個性啊。

「喔……」而我以前也不是這樣的個性，居然就這麼妥協了。

或許、或許是因為，萬宇漢和我記憶中的那個小可愛已經不同了，現在的他高大又有著低沉的聲音，明明一樣是王子，卻是不一樣的王子。

看著萬宇漢在滂沱雨中跑開的模樣，還有懷中的小黑狗，我的眼淚停不下來。

當萬宇漢拿著外套回來時，雨勢已經和緩。他看見我紅紅的雙眼，拿出手帕讓我擦，並未多問，接著將自己的運動外套披到我的肩膀上，摸了一下我懷中的小黑狗。

「我現在，應該不是娘娘腔了吧？」他輕聲低語。

我嚇了一跳，抬起頭對上他略微受傷，但更多的是讓人懷念的笑容。

好像小二那天，他的臉上被餘暉染橘的溫柔微笑。

「我……」

「萬宇漢！你還不快走，在幹什麼啊……哇！談戀愛？」萬宇漢的幾個朋友從後面跟來，見到我們的動作，不由得怪叫起來。

「盛真卉，妳是打掃到哪裡……哇！」而劉婕方也帶著傘從另一邊過來，看起來是要過來接我。

「別鬧了，快走吧！」萬宇漢笑著轉身，朝他的朋友們走去。

「天啊天啊，妳跟萬宇漢單獨說了些什麼？等等，妳身上的是他的外套？哇哇哇！」劉婕方興奮地抓著我搖晃，只注意到外套上的名字，沒注意到我手上的小黑狗。

「萬宇漢！」我大喊他的名字。我必須跟他道歉才行。

萬宇漢停下來，轉過身對我笑了笑，說：「掰掰，盛真卉。」

這是他第一次叫我的名字。

所以我傻了，導致沒能說出那句道歉。

我看著懷中的小黑狗，輕輕喊了聲。「黑點。」

牠舔了一下我的拇指，我聞到從運動服上傳來的淡淡柔軟精香味，告訴自己，還他運動外套和手帕的時候，一定要跟他道歉。

然而我再也沒有機會了。

隔天，我拿著洗好的衣服來到他的班級，卻得知他轉學的消息。

於是手帕、運動外套和那隻名為黑點的小狗，以及來不及說出口的道歉，成為萬宇漢留給我的東西，而那些東西也轉化成了一種情感。

叫做遺憾。

03 勇氣

我相信人是會隨著經驗成長的，那跟年紀沒有關係，不是說年紀越大就會越成熟，而是要看你經歷了些什麼，又從中學到了什麼。

在萬宇漢的身上，我學到了所謂的遺憾。

我一直到了高中的此時才發現，自己當初對萬宇漢的情感非常矛盾。絕對存在著好感，但同時又存在著愧疚，更多時候，我會問自己：那是喜歡嗎？

而他對我是什麼想法呢？

可惜因為他的離去，我永遠無法得知當時的答案了。

於是我從中學到，許多話都要即時說出口，不要忍，不要以為對方永遠都會在，有誤會也不要不解釋。

於是當我發現自己好像喜歡上隔壁班的徐光威時，我並沒有猶豫太久，便決定跟他告白。

「等一下啦，妳真的要趁這次情人節告白？」跟屁蟲劉婕方跟著我來到了同間高中，但又被分到同班就真的是我們的緣分。

「對，我可不要再一次經歷萬宇漢轉學了才發現自己喜歡他的那種慘況。」其實也不算慘，只是遺憾的滋味讓我很難受罷了。

「但是妳跟徐光威根本不認識，而且他很受歡迎耶，妳長得還好成績也還好，又不算有名的人，人家一定拒絕妳。」

劉婕方認真的話語令人不爽，所以我打了她一下。

「妳到底是不是我的朋友？」

「就是朋友才這樣說實話啊。」她還一臉無辜地搓著被我打的地方。「但是假如萬宇漢當時沒轉學，而妳之後也真的告白了，妳覺得他有喜歡妳嗎？」

「我不知道。」可惜的就是，我永遠不知道他的想法，這份曾經的暗戀也就成為一個得不到結果的遺憾。

「欸可是，假如萬宇漢那時候真的沒轉學的話……」劉婕方忽然一臉凝重。「那我們就會變成情敵了耶。」

我瞪大眼睛。「什麼啊，妳當年真的喜歡萬宇漢喔？我以為妳只是跟風。」

「是真的！我如果要跟風的話，現在怎麼不去喜歡徐光威，他比當年的萬宇漢更帥更受歡迎耶！」

「不能這樣比較，哪有誰比較帥這種事情。」我為萬宇漢平反。「而且萬宇漢高中長什麼樣子，妳又不知道。」

「哇，看樣子萬宇漢在妳心中評價很高耶。」劉婕方雙手環胸點著頭。「不過萬宇漢是真的不錯。」

「剛才不是還在說徐光威更帥嗎？」我翻白眼。

「那妳說妳為什麼喜歡徐光威？不就是因為他帥嗎？」劉婕方搶過我手中的飲料，自己喝了起來。

「不否認外表是原因之一，但更重要的是，他把雨傘給了我。」

我想起自己和徐光威的初次見面。

徐光威就是每間學校都一定會有的風雲人物，他不認識大家，但是大家都認識他的那種。

帥氣、健談、高䠷、愛笑、運動神經好，成績倒是普普，有一雙會喚起母性的無辜雙眼，下方還有恰到好處的臥蠶；劉海蓋在他的濃眉上，活像是早期日劇走出來的美男子一般。

那一天是個雨天，我因為繳交作業給老師而晚放學，來到一樓屋簷下，才發現雨勢大得無法用書包遮掩，索性站在一旁等雨停。

「看樣子今天無法帶黑點散步了，牠一定很失望。」想到右腳穿白襪子的黑點，如今也是一隻頭好壯壯的大狗了。

而這樣的雨天，就會讓我想起萬宇漢把黑點交給我的那天。

啪——

一個開傘聲在我旁邊響起，我嚇了一跳，轉頭看見徐光威正要走出屋簷。他也看了我一眼，但沒有其他動作。

那是我第一次近距離看見徐光威，內心還想著，這就是風雲人物啊，還真的長得很帥氣呢。

就在此時，已經走出去的他又繞了回來。

我以為他忘記拿東西了，他卻站到我面前。「妳沒帶傘嗎？」

沒料到他會跟我搭話，我嚇了一跳，原本靠在牆上的慵懶站姿也立刻端正站好。

「對。」

「妳家在哪個方向？」他的聲音並不低沉，甚至以男生來講有些高，卻十分順耳。

「過馬路後右轉。」

「嗯……」他似乎在思索那邊的景象。「那沿路都有騎樓對吧？」

「嗯。」

「順著騎樓就能走到妳家了是吧？」

「對。」

「那，」他將雨傘往我這邊遞過來一些。「我也要過馬路，但我之後要直走，所以我能送妳到過馬路這一段淋雨的路程。」

「咦？」對於他的善意，我受寵若驚。畢竟這樣一個風雲人物會幫助一個陌生女同學，讓我有點驚訝。

「走吧。」他笑了下，嘴角彎出了好看的弧度，迷惑我的雙眼，讓我就這樣踏出騎樓，在他的傘下。

這條路並不長，但也不算短，足夠讓我心臟跳得飛快，呼吸困難。畢竟除了萬宇漢以外，我從沒和其他男生共撐一把傘，更別說是一個如此令人心動的人。

其間，他問了我是哪個班級、叫什麼名字、數學老師是誰等等，最後過了馬路，跟我說了再見，留下我一個人傻愣在原地，還有褪不去的紅暈。

我想，喜歡這種心情一定是慢慢累積的。那個午後的我因那短暫的溫柔而對徐光威產生了好奇，這份好奇導致我開始在學校找尋他的蹤影。

漸漸地，尋找他的身影成為了我的習慣。

當我在走廊待一整節下課，只為在他走出隔壁教室的瞬間能見他一眼；當我在上課時，看見他經過我們班走廊的側臉；當我待在操場邊看著他打球的英姿時，我明白了，這份習慣已經在不知不覺間累積成為了喜歡。

我意識到自己喜歡上徐光威這個甚至不認識的人時，便再次想起了萬宇漢。

明明當時的自己算是認識萬宇漢，卻沒在那個當下發現自己喜歡他。而此刻根本不算認識徐光威，卻能發現自己喜歡上他。

不是年紀，而是經驗。

也是因為有了萬宇漢帶來的遺憾，讓我決定這次不能再造就遺憾。即便會被拒絕，也有很大的機會被拒絕，我也要說出口。

◆ ◆ ◆

於是，放學的時候我站在走廊等著徐光威離開教室。

他和他的朋友們還在教室打鬧，而劉婕方雖不贊成我這麼莽撞，但也陪我站在這邊乾等，讓我不會一個人尷尬。

「會不會在這邊等啊等的，妳的勇氣就消失了？」劉婕方看我握緊背帶的泛白手指，這麼說。

「不，我今天如果不講，我就剃光頭。」我的聲音竟然有點顫抖。

「哇，妳真是鐵了心。」這讓她對我佩服了起來。

終於等到了徐光威和他的朋友走出教室，他們並沒有多看我們一眼，經過我們便朝樓梯走去，直到我上前叫住了他。

「徐光威。」

我的聲音並不洪亮，但足以讓他停下腳步。

幾個男生馬上意會到我可能的舉動，開始發出看好戲的吆喝聲。劉婕方被這麼一鬧，勇氣全失，拉著我想打退堂鼓，但我剛才已經發誓不說就要剃光頭了，所以我一定得說。

我推開了想拉走我的劉婕方，嚥了嚥口水，看著一旁瞎起鬨的男同學，對徐光威說：「我可以單獨跟你說幾句話嗎？」

「如果是告白的話，在這邊講就可以囉。」旁邊的男同學嘿嘿笑著，而徐光威推了推他們。

「不要鬧了。」然後他看向我。「我們要去補習班，快要遲到了，我可以明天再聽妳說嗎？」

我的天，這算是拒絕嗎？

我瞧見他手裡拿著補習班的參考書，他是真的趕時間，可是他還是停下來聽我說話。這麼溫柔的他，不然我聽話，明天再告白也……

不對！我的勇氣真的差點在這瞬間消失，但馬上想起自己已經發誓，頭髮是女人的第二個生命，不能剃光頭！

我一定得說，就是現在！

「我喜歡你，可以跟我交往嗎？」為了不留遺憾，為了不剃光頭，所以我選擇在大家都在的此刻告白。

「天啊！」劉婕方沒料到我會直接說，嚇得倒抽一口氣，而他身旁的兩個男同學也興奮地怪叫。

徐光威要兩個男同學閉嘴，但沒有害羞的神情。面對告白他很是習慣，甚至游刃有餘地看著我說：「我都還不太認識妳，可能——」

「我叫盛真卉，就在你隔壁班。以前你曾經幫我撐過傘到對面，我喜歡你有半年多了，如果你想更認識我，不要當我的朋友，請試著和我交往看看，如果真的不行，再分手也可以！」

我一口氣說完這些，做好被拒絕的心理準備，握緊雙拳，等著他的答覆。

「哇……妳都這樣講的話，」徐光威聽起來很訝異，看了一下手錶。「很多人跟我告白，但沒有人像妳這樣說，而我們真的快要遲到了……」

好，就拒絕我吧，讓我死得快一點。

「不然我們就先交往看看吧。」

什麼?!

不只我，連劉婕方和那兩個男同學都訝異得睜大眼睛，不可置信。

「你真的願意？不需要再考慮？」我沒料到會得到這樣的答案。

「不是妳提議的嗎？」他笑了下，拿起一枝筆在自己的參考書上寫了一串號碼後，隨手撕下一小角給我。「這是我的號碼，我晚上九點下課。」

我傻愣在原地，接過他的號碼，目送他們離開，還能聽到他兩個朋友喊著——

「哇靠，你瘋啦?!」

「帥哥的專利嗎？這樣就交往了？」

劉婕方用力捏了我的臉，直到我喊痛，她才無法掩飾地大喊：「這不是夢！妳居然和徐光威交往了，怎麼回事啊?!」

而我忍不住笑了起來。還好我鼓起勇氣說了，還好徐光威不會成為我的遺憾！

那天晚上九點過後，我打電話給他，和他稍微聊了一下，我提議明天中午一起吃便當，讓我們多認識對方。他思考了一下，答應了。

劉婕方要我小心徐光威的粉絲找我麻煩，但我才不怕，所以中午便高調地拿著便當站在他教室門口等。

「那是我女朋友。」一見到我，他班上的同學先是隨意調侃，但沒料到徐光威乾脆承認，也沒任何含糊之意。

「什麼！」於是，在大家的驚叫聲之下，「徐光威有女友」這件事情很快地在全校傳開了。

我對於這件事相當自豪，同時也有些恐懼、不安。

雖然徐光威和我交往了，但是他有喜歡我嗎？

「那個，你為什麼會答應跟我交往？」於是在交往的兩個禮拜後，我終於問了。

「因為妳很有趣。」他笑著回。

「有趣……」這不上不下的答案是什麼？

「很多我不認識的女生來告白，通常我那樣回答之後，她們就會退縮。就算是認識的來告白，我也會說不想交女朋友。只有妳會說試試看，而且還在我朋友面前告白，我覺得很有趣。」瞧他說話的模樣，眉開眼笑的，是真心覺得有趣。

「所以你沒有喜歡我……是嗎？」

「嗯，對，沒有。」

他的誠實像是一把利刃。

「那……如果你一直沒有喜歡我，會跟我……分手？」

「但是我覺得妳很有趣啊。」

「所以只要你一直覺得我很有趣，不喜歡我也不會分手？」是這樣說嗎？

「大概是吧。我不會要求妳改變，所以妳也不要求我改變。」徐光威起身拍了拍屁股的灰塵。「我沒和別人交往過，所以也不知道該怎麼做，不過在一起，不是開心就好了嗎？」

「我是你第一個女朋友？」真是始料未及。

「對啊。」他又看了一下手錶。「我下堂課要考試，先回教室了，然後今天要補習，就不一起走了。」

「好，我知道了。」我微笑著目送他先行上樓。

雖然他沒有喜歡我這件事情有點令人在意，可是那句「第一個女友」的喜悅感壓過了一切不安。

沒問題的，只要我們在一起很開心，只要我持續保持現在這狀況，有一天他一定也會喜歡上我。

即便沒有，也不會有任何問題。

天真的我，如此想著。

◆ ◆ ◆

或許某些關係之中，「愛」不是絕對，但對於情竇初開的學生戀情，那份「喜歡」的心情卻是最重要的。

我們時常在公眾場合放閃，也不隱藏親密的肢體接觸，年輕的我曾認為那代表愛的深淺，所以當徐光威在大庭廣眾之下親吻我的時候，我也會回以熱烈的擁抱，藉此讓其他依舊覬覦徐光威的女生們死心。當徐光威說著想要我的時候，我非常樂意奉獻所有給他，表示我的愛如此堅定。

然而，即便徐光威有女朋友這件事情傳遍全校，即便我們時常公眾放閃，但他的魅力依舊。

我原本以為，那是因為他是個天生受歡迎的人，女孩子們才會一直圍在他身邊。但我很快發現鶯鶯燕燕之所以不斷，是因為徐光威不懂得抓「安全距離」。

好幾次，我可以看見徐光威和其他女孩靠得老近地說話，或是在對方耳邊說悄悄話，甚至會有伸手抓去女孩身上的毛絮等等親暱動作。

「為什麼你要那樣子？你不是有女朋友了嗎？」我說過好幾次。

徐光威不能理解。「我又沒有怎樣，她們也知道我有女朋友啊。」

「她們就算知道，但她們一樣喜歡你啊！」那些女孩根本沒有把我放在眼裡，甚至在看見我之後，故意跟徐光威更親近，那是在挑釁我啊！

「妳不要無理取鬧好不好？」他的不滿表現在臉上。

「我無理取鬧？我所說的話是正常女朋友都會說的話啊！你有女朋友了，不是就應該避嫌？」

「避嫌的定義是什麼？我告訴大家有妳的存在還不夠嗎？」

「當然不夠！」我氣得喊，也不管現在是在學校。即便我們確實找了相對隱密的地方，但還是在學校裡頭。

「我當初就說過，妳不能要求我改變，況且在最初的時候，我就沒說過喜歡妳。」

這句話宛如當頭棒喝一般。看見他抑鬱的神情，讓我意識過來他等等可能會說出口的話，我趕緊抓住他的衣角，放低了聲音。「對不起，我說了不需要你改變，我不會再這樣子了。」

「我們為了一樣的事情吵了多少次？」他老大不爽。「我真的受夠──」

「不不不，徐光威，不要這樣，我再也不會了，好嗎？」我的眼淚掉了下來。「對不起，不要跟我分手好嗎？」

正因為我喜歡徐光威，所以想占有他的一切，嫉妒他身旁的異性，想控制他的生活，於是我的喜歡，很容易成為負擔。一旦有了負擔，我的吃醋就不是有趣了。

我努力想要掩飾自己的醋意，但正如同喜歡需要累積，嫉妒也是。累積到某個時刻，總是會爆發。

但是每次的爆發，最後總會演變成徐光威的怒火掩蓋了我的妒火，讓我卑微地求饒，只怕他離開我。

◆ ◆ ◆

逐漸入冬的夜晚，氣溫比想像中的低，我搓著暖暖包站在補習班外頭，手裡拿著在便利商店買的熱飲，想給徐光威一個驚喜。

我的成績雖不到頂尖，但也不差，家裡也不覺得我有補習的必要，所以即便高二了，我也是少數沒有補習的學生。

但是最近，我發現徐光威時常和一個女孩在傳訊息。我問過那是誰，他說是最近才來補習班的女生。

即便在一起後，徐光威也從來沒和其他女生保持距離，所以我學會不在意每個女人，但有時候，女人的第六感是很準的，我注意到他回覆簡訊的表情，很不尋常。

所以我才會沒通知他就自己跑來。我想看看徐光威的反應，也想看看那女生長什麼樣子。

但距離下課時間已經過了十五分鐘，卻還不見他的身影，手中的熱飲也漸漸變溫，我在想是不是該打電話跟他講我來了，又認為這樣就破壞了驚喜。

來回踱步了五分鐘後，終於看見他出來了。

「徐——」我正要喊他，卻發現了他臉上的笑容，還有他轉身看著的她。

那女孩嬌小又圓潤，看起來絕對不是亮眼的美女，身材甚至可以稱得上是肉感，但是徐光威臉上的表情，是我從來沒看過的。

「啊……」

然後那一瞬間，徐光威發現了我。他的表情僵了下。

我撐起微笑，舉步艱難卻裝無事地走到他身邊，勾起他的手。「我來接你下課。」
「你女朋友嗎？」女孩的聲音低沉也難聽，在那個當下，我能從她充滿受傷的表情看出來，她覺得自己比不上我。
「對，如果光威讓妳誤會了，妳也別在意，妳不是第一個，也不會是最後一個。」所以我更是驕傲地抬起頭並回嘴，讓女孩能有多難堪就有多難堪，就是為了鞏固自己的位置。
「原來啊，你們很匹配呢。」女孩難看地笑了下。「我想起來忘記拿東西了，你們先走吧。」說完，幾乎是落荒而逃地離開現場，回到補習班裡頭。
「景容……」
徐光威居然要追上去，我拉緊他的手。
「我是你女朋友吧。」我堅定地說。
「就算是，妳剛才的話也太過分！」他居然還能罵我。
「但我是你女朋友不是嗎？」這瞬間我怒火中燒，無法讓步。
「妳是！是又怎樣？妳根本不該這樣跑來！」徐光威吼著，並拉開我的手。

我一僵。「你這什麼意思？」

「妳應該打電話給我。」他撇過頭不看我。

「然後呢？我打來你會跟我說什麼？叫我不要來？還是叫那個景容躲起來？」

「妳……」他似乎很驚訝我會提到景容，但很快地收回驚慌的神情，轉為堅定。

「我以為只要在一起開心，有沒有喜歡都沒關係。」

我感覺到眼前一片黑，再次用力地抓緊他。

「所以……你現在跟我在一起不開心了？」

「不是不開心，但是……」他難受地看著站在補習班電梯前的「景容」。

「你完全沒喜歡上我？」

「我一直都沒喜歡妳……」徐光威看著我，露出抱歉的模樣。「我們分手吧。」

「徐光威，你不能這樣跟我分手！」我吼著，尖叫著，經過的路人們都在看我，但是此刻的我根本顧不了面子。「你答應和我在一起的！」

「妳說試試看，我試過了，也真的很開心，可是……果然沒有喜歡是不行的，一直被妳那麼強烈地喜歡著，我壓力也好大，妳放過我吧。」

我怎樣也想不到會發生這樣的事情，即便他沒喜歡上我，我們也交往了半年。這段時間，他的親吻、他的溫柔、他的笑容，難道都是假的？

「她有什麼好的？她又胖又醜！而且她的制服……那是三流學校！她有哪點比得上我？」我大概是太過絕望了，所以口無遮攔。

「盛真卉，請妳別說她的壞話。」徐光威正色。「我們好聚好散吧。」

然後，他甩開我的手，轉身朝補習班裡面走去。那瓶熱飲也滾到了地板，變成了冰冷的液體。

我的初戀就這麼告終了，也許我是自尊使然，也許他是愧疚使然，我們都沒對外說出真正的分手原因。

但我在補習班外面失控地大叫，還是傳到學校之中。許是我太過可憐，或是我的氣場太過悲哀，意外的是嘲笑我的人很少。

不久之後，徐光威的新女友景容開始頻繁地出現在他的社群平台上，而我的照片和存在通通不見了，甚至連臉書好友也被解除，我也正式和徐光威分道揚鑣。

「唉呀，盛真卉輸給了那樣一個普通的胖女孩，看樣子那才是徐光威的真愛呀。」

我彷彿可以聽見每個人內心的真心話，這讓我痛苦不已。

而劉婕方的溫柔在這時候展露無遺，她只是抓著我的手，輕拍我的背，說著她無論如何都會永遠站在我這邊。

「也許最一開始，我就不該為了不造就遺憾而太過衝動，忘記用時間累積我們的情感，等到更穩固後再走向下一步。」

有些事情，是需要時間的累積，無法用什麼「試一試」來衡量。

而有些事情，即便多努力，都可能沒有回報。

這，是徐光威教會我的事情。

在那時的年紀，我其實無法諒解他的冷漠和背叛。

但多年以後，我卻能明白他的心情，也不後悔曾經勇敢的自己。

的確，我沒了遺憾。

後來我也談了幾次戀愛，在傷害與被傷害中，更懂得自己想要什麼，以及自己適合什麼。

或許一路走來，所有的人事物都是幫助我成長的關鍵。

只是偶爾，當我忙了一整天，下班回家後看著青春校園戲劇時，會想起他們——萬宇漢和徐光威。

他們現在好嗎？

他們曾經想起我嗎？

想起我的時候，是什麼樣的心情呢？

如果讓我再回到當時，是不是有更好的做法？

我是不是能做出不一樣的選擇，讓一切朝更好的方向發展呢？

我不免，這樣想著。

04 重逢

「盛真卉，這一次柴棒寵物醫院的會報就交給妳，可以嗎？」經理拿著一疊資料「詢問」我的意見，想當然這其實是命令。

「我已經準備好了，是下午三點沒錯吧？」我打開做好的PPT檔案，經理瞥了一眼便點頭。

「第一次合作的公司，雖然是小企業，但近年很受歡迎，加油啊。」經理說完，將那疊資料放到我的桌上便離開。

「真卉，妳五點不是還要到聖澤醫院嗎？這樣來得及？」好同事小藍擔憂地問我。

「可以，我早就知道經理會把這件事臨時推給我，畢竟大企業的案子他會親自跑，所以我知道生技公司和柴棒會報的時間強碰時，就先準備好柴棒的資料了。」我低聲地說，小藍也點頭同意。

有人說青春一眨眼就會過去，曾經發生過的悲歡離合，也會停留在短暫卻又璀璨的青澀時代；出社會越久，心中的波瀾會逐漸平息，許多事情更是釋然、看開，明白了世事無常。

當妳能感同身受這些話的時候，就代表自己的心也成長到了某個境界，能開始理解一些青少年時期無法理解的，那所謂的「大人的無奈」。

而對於自己這樣的轉變，我其實並不討厭，只是青少年的自己曾經希望別變成容易妥協的大人。只能說，終有一天，我們都會成為「那樣的大人」，這不是壞事，而是我們成長了。

如今的我每日化著完美的妝容，穿著得體的衣裳，穿梭在各個中小企業間尋求資金募款。我任職的地方是台灣知名的非營利組織，也就是公益團體，雖然大多時候的我們不需要特意募款，也會有許多大企業為了形象或是抵稅而捐款，但有時仍需要親自拜訪客戶，報告募到的款項會使用在哪些地方。

比如現在，我就要前往最近一間新興的寵物醫院進行公益合作的會報。

「盛小姐您好，這邊請，我去請我們院長出來。」櫃檯小姐親切地帶我前往二樓的會議室，而我則利用等待的時間快速看了一下這間寵物醫院的資料。老闆另有其人，似乎是某大企業所投資的小公司，但實際上負責營運的是年輕的院長，他的名字是……

我些些睜圓眼睛，而同時會議室的門也開啟，一位如同記憶之中膚色白皙而睫毛纖長的男人走了進來。他身著白色長袍，見到我的瞬間也愣了下。

「盛真卉。」他的聲音一點都沒變，就像是國中時那樣熟悉卻又陌生。

「萬宇漢。」手機螢幕上顯示著萬宇漢的照片和名字，他就是這家柴棒寵物醫院的院長。

「沒想到會……」他露出微笑，那鮮明又立體的五官與記憶中稚氣的模樣已然不同，可是他的雙眼依舊好看得耀眼。

「院長！有緊急事件，有狗被車撞到了！」忽然，櫃檯小姐急忙地衝了上來，萬宇漢愣了下，看了櫃檯小姐又看了我。

「抱歉，我現在有急事，妳把資料放著。我們這邊其實已經確定會捐款，既然是妳負責的，那就更沒話說。」然後他從胸前的口袋拿出名片塞到我手裡。「等等怡津會跟妳討論事宜，有任何事情都打給我……」他頓了一下。「我等妳打給我。」

說完，他便急匆匆地往樓下去。

「盛小姐，真的很不好意思，金額就如同之前討論的那樣，那您的資料……」

怡津說了些什麼，我都像是靈魂抽離了一般沒記到心裡，只看著名片發愣。

柴棒寵物醫院院長　萬宇漢

◆　◆　◆

「真的假的？萬宇漢耶！他現在長得怎樣？喔不，我google就可以了對吧，我馬上來看……天啊，一樣帥，甚至更帥，可惡！」劉婕方在電話那頭怪叫著。

「妳在可惡什麼，妳不是結婚了？」前往醫院的路上，我向多年好友劉婕方報告這個消息。

「所以才可惡啊！好菜吃不到。」劉婕方在畢業後沒多久，便因為懷孕而結婚了。

當初帶球嫁的她並不被看好，但如今孩子都生第二個了，算是另一種人生勝利組。

「他要我聯絡他。」我說。離開柴棒的時候，只見手術室的燈亮著，從透明玻璃可以看見正專注幫狗進行急救的萬宇漢。

他以前就很喜歡狗，如今成為了獸醫，這算是完成夢想吧？

「那當然要跟他聯絡啊！」劉婕方說：「難道妳不打算跟他聯絡？」

我們畢竟有公事上的往來，所以無論我有沒有找他，他都能夠找到我。「不說了，我到醫院了。」

「好，再跟我報告後續喔。」

在大門口使用酒精消毒後，我才進入醫院裡頭。

我們與這家聖澤醫院有長期配合，最近有人透過我們捐款一台救護車給他們，此刻我便是來處理後續事宜。

然而今天是什麼日子？

來過聖澤這麼多次的我，每次都搭電梯到六樓的辦公室，今天卻因為提早到了而選擇爬樓梯，也因為我邊走邊用手機，不小心和快步下樓的人相撞。

「啊！」我的手機瞬間摔到了樓梯下，螢幕破裂。

「對不起！」對方急忙道歉，撿起我的手機，我才注意到他穿著白袍戴著口罩。

「啊……」我看著破裂的螢幕，心都涼了一半，說不出那句「沒關係」。

「糟糕，這破了，但我現在要去急診，我賠妳……」

「沒關係，只是玻璃保護貼裂開了。」我撕下了玻璃保護貼，幸好裡面沒有損傷，況且我也邊走邊用手機，是自己不對。

「但是……」那醫生看了我的臉，些些睜圓眼睛。「盛真卉？」

「咦？」我看向他。

口罩遮去了大半的臉，但我在對上臥蠶明顯的雙眼時，認出了他。

「徐光威？」我看著他胸口上的名牌，確認他的名字與身分，急診室醫師。

「對，居然會……妳來看醫生嗎？」徐光威拉下口罩，比起高中時期的爽朗模樣，他現在看起來憔悴了一點點，但還是不減光芒。

「不是，我來開會。」我簡單說了一下自己的工作內容，他的手機卻響起了。

「我要快點去急診才行，有緊急病患。」然後他在身上胡亂地找東西，最後找到了張白紙，飛快寫下號碼。「這是我的電話，再聯絡我吧？」

我接過他的紙條，他拍了一下我的肩，戴上口罩接起手機，快速往樓下奔去。

我看著那陌生的手機號碼。他似乎在分手以後就換了手機，加上畢業後社群平台也大更新了，所以我完全沒有他的聯絡方式，也沒有特意找過。

沒想到這麼多年以後，我會在同一天，跟影響自己最深的兩個男生再次碰面，而他們也都成為了男人。

而後跟負責案子的公關討論完捐贈事宜，我特意繞去了急診室外頭張望，無奈裡頭的人太多，我沒看見徐光威的身影。

我並沒有馬上決定要打電話給誰，而是沉澱自己，加上也有許多專案開跑，所以當工作告一段落後，也過了好幾個禮拜，才想起自己還沒告訴劉婕方這件事情。

我遇到徐光威了。

我將這訊息簡短地傳給劉婕方，接著按下了勿擾模式，以防她過於興奮而奪命連環

CALL。

接著又去開會並接待新客戶，直到結束工作返回租屋處後，我才有空看手機。劉婕方打了好幾十通的電話，傳了近百的貼圖訊息，我暗罵一句瘋子，洗好了澡、吃完了晚餐，找出當時收到的兩張「名片」放在桌上，才打電話給劉婕方。

「我的天啊，妳要等死我喔！妳最近居然會重遇徐光威和萬宇漢，這是神跟妳開的玩笑嗎？」

「大概吧。」我能聽見她的電話那頭傳來兩個小孩正在玩樂的嘻笑聲。「我該打電話嗎？」

「當然該啊！但是打給萬宇漢就好，徐光威免了。」劉婕方邊說邊朝後方喊著。「老公，你能不能管一下他們？」

「仔細想想，徐光威當時早就說過，並沒有喜歡我。」

「但不管怎樣，當時妳就是他的女朋友啊！」劉婕方嘖了一聲。「老公，你有沒有聽到？」

我笑了下。「好啦，妳先去忙吧。」

「那兩個臭小鬼真的吵死了。妳有什麼事情隨時都可以打給我，知道吧？」

「好，謝謝妳。」說真的，人生之中有劉婕方這樣一個陪伴經歷過大小事情的朋友，我已經很幸運了。

掛掉電話後，我開了罐啤酒，站在陽台邊看著台北的夜景。

你相信緣分嗎？

你相信其實所謂的遺憾，都有機會可以補救嗎？

我轉過頭，看著桌上那兩張「名片」。

萬宇漢和徐光威。

他們都要我打電話和他們聯絡，而這些年來，我確實時常想起他們。

即便長大成人之後，我有了不同的體悟、不同的思想，也釋懷了那些曾經。

但不可否認，他們都曾占有重要的一席之地，於我的青春之中。

我一定得說清楚當年的事情，那些我曾經沒說出口的話。

我回到客廳的桌子前，拿起了名片。

拿起萬宇漢的名片。↓翻至第84頁

拿起徐光威的名片。↓翻至第64頁

05 不甘

我拿起那張手寫的紙張。

跟高中時期一樣，他總是將手機號碼隨意地寫在一些奇怪的地方，然後塞給別人，要對方回電。

當時在走廊告白的時候，他也是將自己的電話隨便寫在參考書的一角，撕下來給我，這一點完全沒變。

奇怪的是，明明當初是他背叛了我，再次見到他，我卻沒有任何恨意萌生，更多的是懷念。

不過很快地，我想起了他在補習班前的冷漠。可是我又想起，徐光威是我的初戀，雖然可悲的是他從沒真正地喜歡我，不可抹滅的是我們的確度過了一段很快樂的時光。

我們一起去過遊樂園、一起看過好幾場電影，還去唱歌、看了許多地下樂團的演唱會。他曾經在大庭廣眾之下吻我，在捷運上依偎在我身邊，在學校牽著我的手走路。是呀，傷心的、快樂的，我們都一起度過了。

我已經是個成熟的大人了，所以要能明白，傷害和愛是一體兩面。

我看著那串號碼，拿起了自己的手機，按下，撥出。

心情有點忐忑、有點不安，也帶著興奮，畢竟是青春最年少的時候交往過的對象，又是初戀男友，對我的意義不同。

「喂？」大概是太多廣告電話，手機那端的聲音帶著些許警戒。

「喂，那個……」我咳了一聲，原想說「是我」，但我們這麼多年沒聯絡，說出這句話要是他認不得我，那不是很尷尬嗎？

「盛真卉？」然而徐光威卻準確叫出我的名字，語氣變得輕鬆。「我以為妳不會打給我了。」

「因為我最近比較忙。」我笑了笑，不知道該說些什麼。

「我原本想說如果妳再沒打來，我就要直接打電話去妳公司了呢。」

「你知道我在哪裡上班？」我會這麼問是因為雖然和他們的醫院有公益合作，但是醫院也和其他公益團體合作；況且遇到他的時候，我並沒有表明自己來自哪個單位。

「只要有心去查一定會知道的啊。」他語氣輕快。

「那你查了嗎？」

「沒有，哈哈哈。」然後語氣還是如同以前一樣，有點輕佻。

「你好像都沒變。」

雖是這麼說，但我高中時期卻不知道他將來想當醫生。

「妳好像也都沒變。」他說這句話時，語氣有些高亢。

「怎麼說？」

不知道為什麼，好像有種被看輕的感覺。

「沒什麼。對了，妳禮拜六有空嗎？我們吃個飯吧。」

這突如其來的邀約讓我措手不及，但似乎也沒理由拒絕，畢竟我都打了電話，就是想敘舊。

「好啊，我們見個面吧。」

他和我約在某個五星級飯店，掛掉電話前還特別囑咐：「那天穿漂亮一點啊。」

這句話讓我想起了過往，心底升起一種不太愉快的感覺。

他的語氣就像是以前交往的時候，總在每次約會前要我穿漂亮一點，要是見面後發現我穿的和他想像中不同，便會說：「怎麼不認真打扮？」

這對當時的我造成很大的壓力，但是因為很喜歡他，所以花了很多時間鑽研穿搭，之後也確實讓他非常滿意。只是他還是會習慣性地說：「穿漂亮一點呀。」

然而如今都過去這麼久了，他為什麼還這樣對我說話？

我已經不是當時你根本沒喜歡上的女朋友盛真卉了耶。

我是你的高中同學又恰巧是你的前女友罷了，你不能這樣對我說話！你是指使我習慣了嗎？

雖然很想這麼回嘴，可是換個方向想，也許是因為約定的地點本就是該穿著正式服裝出席，只是他的說法讓我覺得十分不禮貌。

好像，我還是那個聽話又沒主見的盛真卉一樣。

後來，我將和徐光威約好見面的事情告訴劉婕方，她果不其然在電話那頭鬼叫。

「妳真的打了啊！約哪裡？他講話跟以前一樣命令式嗎？他有提到以前的事情嗎？」然後開始要問詳細過程。我連見面都還沒呢，劉婕方是不是太猴急？

看樣子，還是別一有什麼小事情就和劉婕方說，這樣耳根也會清淨點。

◆◆◆

即便對他的語氣不是很愉快，我還是特地去買了一件漂亮的洋裝，大概是因為，他的身分是初戀男友。總是會想在曾經的戀人面前展現最好的自己，讓他多少在心裡惋惜一下當年沒選擇自己的遺憾。

於是星期六的時候，我幾乎可以稱得上是盛裝打扮，來到約定好的地點。今天似乎是好日子，許多人在這裡辦喜宴。

我看了一下手機時間，發現來早了，正覺得自己怎麼如此愚蠢地提早抵達，顯得自己好像很期待一樣時，便聽到了有人喊著我的名字。

「盛真卉！妳提早到了啊！」

我循著聲音回頭，先是露出笑容後一愣。徐光威也盛裝出席，而且他的盛裝……是西裝，怎麼會穿得這麼正式？

「走吧，我們進去吧。」他露出好看的笑容，就像高中時期那樣魅力不減，漂亮的臥蠶在他臉上總是如此吸引人。

他自然地勾起我的手，好像這些年來我們從未分離過一樣。

「進去？這……」我直覺不太對，他走的方向是左方喜宴處，而且他從西裝外套的暗袋之中拿出一個紅包袋……

然後他勾著我的手，帶我到了收禮檯，對著工作人員說：「我是女方的朋友。」我的視線移向一旁的婚紗照片和名字。那張臉即便化上了新娘妝我也認得出來，是當年的景容。

我大吃一驚，徐光威帶著我來參加景容的婚禮？

「走吧，我們進去。」然後他笑著帶我往婚宴會場裡頭走，於工作人員的帶領下來到我們的座位。

「徐光威，這是怎麼回事？我以為我們是要吃飯。」我壓低聲音詢問他。

「我們是在吃飯沒錯啊。」徐光威解釋得理所當然，左右張望了一下，似乎看見認識的人。「等我一下。」然後起身朝別桌走去，和其他人談笑風生。

而我呆坐在原地，不知道自己是要憤而離席，還是就這樣坐在這裡。

最後我決定離開。為什麼要自取其辱地在這裡？但就在我拿起包包要起身的瞬間，有人喊了我的名字。

「妳是那個……盛真卉對吧？」

兩個熟悉的男生一臉驚奇，而我在瞇眼後也想起他們是誰，高中時期時常在徐光威身邊打轉的朋友二人組。

「哇，沒想到妳會來。等等，妳和光威是又在一起了嗎？」其中一個朋友驚呼。

「不……」我來不及反駁，另一個朋友已經大聲朝徐光威的方向嚷嚷。

「欸！你們復合都沒說，不夠義氣喔！」

徐光威聞言，笑著對他們揮手，然後走回我身邊向大家介紹。「各位，這是我高中的女友。」

他的話模稜兩可，我張嘴要反駁，但是台上的主持人開口說：「各位來賓，在歡迎新娘新郎入場前，先讓我們來欣賞一下這段感人的相識過程吧！」

接著燈光暗下，滿肚子的怒氣讓我想立即走人，但是徐光威兩手按在我肩上要我快點坐下，然後轉頭看向銀幕投射出來的片段。

我握緊拳頭，不明白自己到底在這裡做什麼。徐光威這個人一點都沒變，不懂得尊重我的意見，也沒事先告訴我，從頭到尾都自以為是，甚至不給我開口的機會。

從前在交往的時候，因為我喜歡他，所以卑微得幾乎沒有自我。我以為時至今日，大家都成長為成熟的大人了，徐光威或多或少也會改變。

可是，他依舊是那樣，把我的自尊踩踏得視若無睹。

然而我告訴自己，我是大人了，不能就這樣離席，因為這樣不只是給他丟臉，也是讓我自己丟臉。

所以我壓住怒氣，當作是在應酬，與大家聊著高中時代，在那群朋友稱讚我大氣之下，終於來到了最後的環節——新郎新娘敬酒。

景容比我記憶中瘦了一點，但五官和氣質都與當年無異。她選擇的對象和徐光威截然不同，是個有點禿頭的大叔，但是從新郎走路不時回頭注意她有沒有跟上，並幫忙拉著裙襬，甚至在不經意的眼神接觸、互動之間，可以感受到他對景容的疼愛與柔情。

「啊，光威，沒想到你真的會來。」景容露出親切的微笑，拿著酒杯看著我們這桌的每個人。見到我的時候，她愣了下。

「景容，妳一定記得她，她是真卉，我高中的女友。」而徐光威彷彿故意一般，用力攬住我的腰，大聲介紹。

「我當然記得，也恭喜你們再續前緣。」景容甜甜一笑，和她的先生對看一眼，然後去到了下一桌。

同時間，徐光威放在我腰間上的手鬆了開來。我看出了他的沮喪與頹廢，在景容方才的一抹微笑之中，我們都清楚瞧見了她的釋然與不在乎。

對景容來講，徐光威已經是很久以前的人了。然而對徐光威來講，景容似乎還在他的心裡。

這一瞬間，我再次感受到當年在補習班前的自己，那原本不受尊重的心情，轉為了他是想帶著我來氣景容，但是對方根本不在乎的羞辱。

我一邊覺得徐光威可憐，一邊更氣他為什麼這麼多年過去，依舊不在乎我的心情。

好像我曾經付出的那段感情，是一場笑話。

而後，徐光威喝了很多酒，強顏歡笑，然而他的朋友們以為他只是開心，並未察覺不對勁。最後婚宴結束，他們幫著我將徐光威抬上了計程車。

「徐光威，你住在哪裡？」一上計程車，揮別了那群再也不會見的同學們後，我立刻板起臉孔。

「我還不想回去……我們去……再喝一杯好嗎？」

「別鬧了，徐光威，你住在哪裡？」

「景容居然選擇那種禿頭大叔結婚，他一定很有錢……景容也是個看錢的女人啊……她怎麼可能會喜歡上那樣的人……」

我翻了白眼。「徐光威，你——」

「真卉，我好想妳……」他忽然整個人不安分地趴到我身上，我用力推開他，他砰的一聲撞上了另一邊的車窗。

「徐光威！鬧夠了沒！」我吼著。

但徐光威維持著那樣的姿勢不動。

「嗚……嗚……」

我以為自己聽錯了，他居然哭了。

看他那樣，我只能嘆氣，告訴了司機大哥自己的租屋住址。

雖然他喝了不少，但也沒到不省人事，只是會胡言亂語，我將他死拖活拉地回到了我的租屋處，將他往沙發上一丟，去倒了杯熱水。

「妳一定覺得我很可笑，這一切都是報應對吧？以前那樣子對妳，如今我也被這樣對待……」我將水杯放到小桌子上時，徐光威忽然開口。

「老實說，沒有。」我嘆氣。

相反地，看見他這樣難過，和我記憶中的徐光威湊不上。

他一直對凡事都不在乎，唯獨當年面對景容和我的時候，露出了疼惜對方的神情。

同樣地，多年後的現在，他也只為景容的事情感到難過。

我有點為過去的自己不捨和不甘，但明白，有時候我們得承認，有些人就是不會愛我們，即便我曾經有多渴求他的愛。

「妳騙人！妳怎麼可能不恨我?!」徐光威忽然朝我大吼。

「我恨過你，但也愛過你。但這些都是過去，現在也沒有意義了吧。」我拿起桌面上的水杯。「你快喝——」

「徐光威！你夠了沒有！」

話沒說完，徐光威忽然朝我撲來，迅速吻了我的唇，滿嘴酒氣，我嫌惡地推開他。

「我們以前不是也這麼做過？現在都成人了……沒關係的吧？」徐光威說完又湊過來，這次我直接拿起桌上的那杯熱水，毫不客氣地往他的臉上潑去。

可惜了我的沙發、地毯，還潑到了一點床鋪邊緣。

但也因為如此，徐光威愣住了。

「我從剛才就忍到現在，你不要太得寸近尺！」我吼著，真後悔打了電話給他。

「盛真卉……」他吶吶地唸著我的名字。

「我一直以來討厭你的，不是你不曾喜歡上我，而是你不懂得尊重我的感情！」我朝他怒吼，這才是我最在意的事情。「你跟以前一樣，完全沒有改變，從來沒尊重過我，問過我的意見！以前我喜歡你，所以什麼都沒關係，甚至就算你明白說了不喜歡我，我也甘願。但你是不是因此忘記了我也是一個人，我也有感情？你以為不喜歡我只要老實跟我說，並和我交往，就是對我的感情有交代？不！你當時應該要拒絕我，不是用自以為是的方式要我迎合你的任何喜好，就只是因為我喜歡你！」

我一口氣罵完這些，深呼吸後又繼續罵。「還有，今天你的表現太讓我失望，你把我當什麼？讓景容嫉妒的工具？以前景容讓我難過，如今你利用我想讓景容難過？對，你的愛情最偉大，所以其他人的感情都是屁？然後剛才還想占我便宜？」

說完這些，我的心情舒暢多了。我看徐光威瞪大眼睛的模樣，大概酒也被我罵醒了，於是比了門口的位置。「滾。」

「盛真卉，以前明明是妳說……不喜歡也沒關係的……」

我剛才罵了一大串，徐光威只有這個感想？

而且一臉無辜的模樣是怎樣？

然而該死的是，對，以前的確是我自己說過沒關係，可惡啊！年少的我，真是有夠白痴的。

「總之你滾，我不該打電話給你。」我下了最後通牒。和他再次見面，是我最失敗的決定。

而徐光威默默地站了起來，繞過我身邊，小小聲說了句。「不好意思……」

他連「對不起」或是「抱歉」都說不出口，只是說了不好意思？

我真是差點氣到吐血，看也不看他，聽著他在玄關穿鞋的聲音，離開了我的租屋處。我立刻上前反鎖了門，回到沙發邊拿起抱枕用力地捶著。

我真是個笨蛋！為什麼要打給徐光威，他就是一個爛人！

但是……我停下手上的動作，看著被潑濕的爛攤子，還有方才徐光威躺著的抱枕上，那不是熱水的水漬。

的確，徐光威沒回應過我的感情，也一再地傷害了我的感情。

可是，他確實是喜歡景容的。過了這麼多年，他似乎還是很愛她，愛到會想在她的婚禮上帶前女友去氣她，愛到會喝酒喝成這樣並哭泣著。

那個風雲人物徐光威耶，為了一個女人哭泣。

他一邊說景容不會愛上禿頭大叔，卻忘了自己極具吸引力的外型，和景容那樣普通的女人也不相配，然而，他不也真心喜歡著景容嗎？

我拿出冰箱的啤酒打開，敬自己的青春，那段付出了所有，卻沒得到回報的愛情，就連多年以後也沒被正視過，還如此被玷汙。

不過，我的內心意外地平靜。大概是因為，知道徐光威也能這麼愛過一個人，明白了他也不過是跟我一樣會受傷的人。更重要的是，我終於能夠在他面前勇敢表達自己的真實想法。

於是，關於我青春中所有的悵然與不甘，都化為嘴角的一抹微笑，比不上啤酒裡的苦澀。

◆ ◆ ◆

徐光威這場笑話事件，我也沒告訴劉婕方後續，只說了我最後沒去，以免要解釋一大堆。

我將生活重心移回到工作崗位上，就當多年之後再次被徐光威咬了一下，別放在心上就好。

見到我陷入工作狂模式的小藍便詢問，這樣是否方便當她請假的代理人。

「妳的代理人不是固定的嗎？」

「但是我每次請假她都很恐怖啊，讓我無法安心，妳也知道我工作量不少。我看妳最近好像很投入工作，所以想說和妳商量看看。」小藍邊說邊點開電腦螢幕上的一個網頁。「拜託，我會帶這個限定的彩妝組合回來答謝。」

「成交！」

「耶！真卉最好了！」

於是，小藍便請了一個禮拜的假出國玩樂，將工作都交給我處理。我徹底地陷入了忙碌階段，直到小藍頂著曬黑的肌膚回到了辦公室，交給我那個限量彩妝時，我才意識到已經過了一個禮拜。

「感謝妳這禮拜沒日沒夜地幫我，除了這限量彩妝外，還有這很受歡迎的辣泡麵就一起送給妳！」很懂得做人的小藍眉開眼笑，所以我也欣然接受。

「我平常是很懂禮貌，但是因為妳這禮拜工作量真的不是人幹的，所以我就這樣收下了喔。」

「那當然啦，我說了就是要給妳！」小藍眨眨眼，但一直以來當她代理人的同事似乎不太爽，斜眼瞪了過來。

「看樣子要低調點。」小藍在我耳邊輕聲說，我們兩個哈哈大笑。

就在我心情變好的這一天，那個令人不悅的徐光威又出現了。

在午休後，我才看見他傳了訊息過來，而且還不小心習慣性地點開，成為已讀。

「真卉，我們見個面好嗎？」

算了，已讀又怎樣，我可以不回啊！

我把手機丟往一旁，繼續下午的工作。

但徐光威一見到我已讀後，又馬上傳來訊息。

「不要已讀不回！」

奇怪了，他不是急診室醫生嗎？怎麼能一直使用手機？難道今天休假？

「已讀不回最差勁了，還很沒禮貌。」

這位先生現在是在跟我說禮貌兩個字？

「拒絕或是答應都請回應，不要已讀不回。」

他怎麼一副居高臨下的模樣，也太令人不爽了吧？

我快速打上「不需要浪費時間見面」，正要發送的時候——

「至少給我一個機會，當面和妳道歉。」

這讓我停下了手上的動作。徐光威要和我道歉？這倒是真的想讓人聽聽看。

但是依他的個性，大概也吐不出什麼象牙，只會讓我更生氣而已。

「我一直以來都欠妳一個道歉。」

這句話讓我猶豫了。

我搖搖頭，刪除了剛才的文字，改為輸入……

「好，那你要約哪裡？」
↓翻至第104頁

「不用了，再見。」
↓翻至第130頁

06 念念

我拿起了萬宇漢的名片，看著上頭的印刷字體，深深感覺到不可思議。當時的我們，名字只會出現在作業本上，可多年之後，都成為有頭銜的名片上的一行字體。

再喝了一口酒壯膽後，我快速地按了萬宇漢的號碼，接著按下通話。

等待接通的聲音讓我口乾舌燥，不明白自己在緊張什麼。一口氣喝光了啤酒的瞬間，轉入了語音信箱。

我有些失落，並認為自己可能再也沒有勇氣撥打一次時，手機傳來震動，萬宇漢回撥了。

「抱歉，剛還在收店。」他劈頭便這麼說，從話筒傳來的聲音，聽起來好不真實。

「你怎麼知道是我？」我甚至還沒說喂。

「我想一定是妳，我知道妳會打給我。」他說得如此確定。「只是等得有點久。」

「哈，不好意思，因為我最近比較忙。」我縮到了小沙發上，聽著他那裡傳來鐵捲門的轉動聲。「你忙到這麼晚啊？」

「今天比較晚，不過平常也差不多這時間，有時候遇到意外事故或是臨時發病的貓狗們，還會更晚呢。」萬宇漢雖是這麼說，聽起來倒是很愉快。

「原來如此，辛苦你了」

「才不會辛苦呢。」他笑著。

然後我們陷入了非常短暫的沉默。我在腦中努力尋找話題，但想著的都是要跟他說句道歉，可沒頭沒尾地開口也很奇怪。

為什麼都已經出社會這麼久了，還是會吞吞吐吐的呢？還以為自己早就過了會猶豫的年紀了，還是因為對象是萬宇漢呢？

「妳……這些年過得怎樣呢？」萬宇漢的問候如此生疏，讓我不自覺地笑出了聲。

「呵，還不錯。你開了一間寵物醫院，很符合你呢。」

「怎麼說？」

我聽見開啟車門的遙控嗶嗶聲。萬宇漢開車呀，他真的長大了……

「你以前不就很喜歡狗嗎？無論是鼠鼠還是——」

「黑點。」他的聲音在電話那頭輕訴，如此沉穩。

「沒想到你還記得牠的名字。」

「當然，那可是我幫牠取的名字。」

接下來是車上的廣播從背景傳來，但很快地，他似乎關掉了廣播，只聽見車子行進的聲音。

「嗯，我也沒幫牠改過名字，牠就叫做黑點。」

「牠現在還好嗎？」

「很好呀，牠本來跟我住一起的，但我時常加班，牠一個人在家等待也很孤單，所以讓牠回老家跟我爸媽一起……」

「所以妳現在自己住外面？不住在以前那附近？」他的聲音有些訝異。

「出社會以後就搬離公司近一點了，這樣比較方便……」

「難怪我偶爾去那裡繞繞，都沒遇過妳。」

這句話令我一驚。「你找過我？」

「看看能不能巧遇……」萬宇漢忽然咳了聲，我也不好問下去。

「你當時國中怎麼會忽然轉學？是到了哪邊？」於是轉了話題。

「啊，轉得很突然對吧？」他笑了兩聲。

「是因為父母調職之類的理由嗎？」

「嗯……算是吧！」他回得精簡。「妳那天就把黑點帶回家了嗎？」

「對，我媽還說我怎麼又撿了小狗回家，以前鼠鼠也是撿到的喔。」

「妳真有愛心呢。」他低聲說著。「不知道黑點還記不記得我？」

「我認為牠記得的，畢竟你是第一個疼愛他的人類。」我說起當初帶黑點去看獸醫，得到了黑點大概只出生不到三個月的答案，要是沒有人照顧，牠很可能會因為失溫或是飢餓等眾多因素而死亡。

所以要說萬宇漢是牠的救命恩人都不為過。

「幸好妳有打給我，妳沒留下名片，我沒辦法主動聯絡妳。」

「我居然沒放名片嗎？啊，但我給的資料上面沒有我的聯絡方式？」

「上面好像是你們經理的資訊。」

啊，我怎麼忘了，這算是經理的客戶，只是因為我夠了解經理，才提早準備好報告，所以聯絡人員是經理的名字沒錯。

「不過你也能打到公司呀，」我停頓。「如果真的想找我的話。」

這句話並沒有別的意思，只是聽起來好像是我在抱怨他這些年的消失。

但我又有什麼資格抱怨呢？我和他在過去並不是多好的朋友，更別說升上國中後，只說過那不到十分鐘的話。

「我到家了。」他的背景傳來倒車的聲音，而我對於這通電話沒達到自己的目的，有些惋惜。

不過有時候緣分就是這樣子，再次接上了也不會觸碰到真正的核心，只是這樣輕柔地問候便離去。

這麼多年過去，萬宇漢帶給我的，還是一點點遺憾的情緒。

「那你好好休息，就這樣——」

「我們約一天吃飯吧。」他的邀約來得突然，而我不知怎的，竟感覺到心口像是猛烈地震一般。

「嗯，好啊。」我輕快地回應，而他笑了一聲。

「那晚安。」

「晚安。」

掛掉電話以後，我呆呆看著螢幕上的號碼，嘴角淺淺笑著。

雖然那天在電話裡頭如此約定了下一次的見面，但我們事實上也沒有再次聯絡。我總認為自己若是打電話給他，問他見面的時間和地點有點奇怪。加上我們並沒有互相加入通訊軟體或是社群平台，所以特意的聯絡顯得我是在催促或是期待。

或是說我假裝有工作相關事情與他聯繫呢？可是這樣子會不會太刻意？

明明不需要在意這種情緒，可不知怎的，面對他，我就是會在意這些。大概是因為萬宇漢是從小就認識的人，大概是因為我對他帶著些微愧疚，或是說，因為我以前喜歡過他。

總之有各種理由提醒我，萬宇漢對我來說是如此不同。

「真卉，我們剛才收到柴棒的捐款了，因為金額比預料的多很多，所以經理很高興，妳懂？」小藍低聲說，伴隨著白眼。

「我懂，這不是很正常的嗎？」我也學她翻了白眼，但內心覺得好笑的成分居多，應該是說，已經見怪不怪了。

「一開始要妳臨時去柴棒的也是經理，結果聽說他放鳥柴棒而跑去的大企業決定不捐款，現在聽見柴棒多捐了大筆款項就要搶妳的功勞，哪有這麼機車的人?!」小藍比我還要生氣。出社會這麼多年，她還是不能習慣就是有人這麼不要臉。

「無所謂啦，反正他又不是第一次這樣，而且說穿了我們也沒業績獎金，反倒是考績還是經理來打呢。」我說著現實層面，小藍也明白，但還是覺得不公平。

不過這下子也不需要擔心自己會忍不住主動聯繫萬宇漢了，畢竟現在專案換了負責人……應該說，本來就是經理該負責的……總之，除了等萬宇漢自己聯絡我，否則我是沒有其他藉口聯絡他了。

於是這樣過了幾天，直到某個週末回到老家，我牽著黑點到街上散步，走在充滿回憶的街道上時，想起了萬宇漢。

「黑點，你還記得萬宇漢對吧？」我看著早就變成大狗的黑點，不變的是牠依舊渾黑的雙眼和光澤的黑毛，以及右腳上的白襪子。

「你在搖尾巴，我就當作你記得囉？」於是我拿起手機，拍了一張黑點的照片。

明明這些年都帶著遺憾，那為什麼相遇了以後，我還要在意有的沒的事情，錯過了彌補遺憾的機會呢？

「萬醫生，這是我家的黑點。改天帶牠去醫院。」我帶著自以為的些微幽默，將這則訊息傳給了萬宇漢的手機。

之後便牽著黑點離開，回到家中。一直到睡前，萬宇漢都沒有回應。

直到隔天早上我一起來，看見了萬宇漢傳來的訊息。

◆ ◆ ◆

「星期三晚上七點，這時間可以見黑點。」

「黑點，好久不見！」萬宇漢抱住了狂搖尾巴的黑點，牠興奮地舔上萬宇漢的臉頰，抬高屁股轉著圈，發出了嗚嗚的興奮聲。

「我就說牠會記得你吧！」我看著興奮到不行的黑點，擔心牠會不會因為過於開心而休克。

萬宇漢的臉上綻放著笑容，眼睛瞇成一條線，蹲在地上想抱住黑點，卻只是換來被舔舐得滿臉口水。

「牠的肌肉結實，毛也十分有光澤，鼻頭濕濕的，嘴巴沒有口臭，我看看……」沒想到萬宇漢如此有職業病，既能一邊因見到黑點而開心，又能一邊觀察黑點的身體狀況。「嗯，牠很健康，妳把牠照顧得很好。」

「當然。」說到這裡，我不禁苦笑一下。「當年鼠鼠是急性腎衰竭走的，我一直很後悔沒有提早發現。我那時常常偷餵牠人吃的食物，或是大量的狗罐頭。」

「原來如此……」他起身，看著我的雙眼帶著感傷。「我以為牠是壽終正寢。」

「如果是那樣就好了。」雖然當時我還是小孩，但是要我承認也許是自己的疏忽才導致鼠鼠離去，對我來說十分困難。

「但是鼠鼠一定很高興有妳這主人陪伴。」

我歪頭，笑了一下。

「謝謝你。」

他回以我一個微笑，將一旁的牽繩套到黑點身上。「那我們走吧。」

「走？去哪邊？」我有些驚訝。

「去吃飯呀。妳不餓？妳不是下班直接過來的嗎？」萬宇漢說得自然，繞過櫃檯後朝寵物醫院的後門走去，我還跟錯身而過的怡津點頭打招呼，匆忙跟上他的腳步。

外頭的夜風帶著些許涼意，我看著與黑點玩得開心的萬宇漢，就像是小學時的他和鼠鼠重疊了一樣，只是當年的他並沒有這麼豐富的表情。

「我其實下午請了半天假。」我走到他身邊。

「請假？為什麼？妳不舒服？」他轉過頭。

「不，因為我六點才下班，若還要回去老家接黑點再過來你這裡，那一定會來不及的，所以……」我聳聳肩，沒有說完。

「啊……妳怎麼不跟我說？這樣我們可以約晚點，或是這次就先別帶黑點……」他看起來有些抱歉。

「沒關係，反正我的年假很多，每年幾乎都沒休完，很浪費呢。」我笑，想沖淡他的愧疚。

「那我請妳吃飯吧，附近有一間很好吃的牛肉麵……妳吃牛肉嗎？」

「我吃，但是可以帶黑點進去嗎？」

「我們可以坐在外頭。」他露出好看的微笑，與黑點朝前方奔去。「快來啊！」

「等等我！」我漾開笑容，跨步跟在他們身後。

以前我們還是孩子的時候，誰也沒這樣跑著追過對方，居然長大了才跑了起來。

萬宇漢帶我來到某條巷弄的轉角處，有家客人還不少的牛肉麵店，老闆是個有些年紀的爺爺，和老闆娘兩人看起來感情很融洽。

我們點了兩碗牛肉麵和一些小菜，雖不多，但也足夠讓我們吃了一個小時。萬宇漢說著自己這些年是如何走到獸醫這條路，以及當上獸醫後遇見過怎樣的主人和寵物，其中不乏一些溫馨的靈異事件。

「不過即便當了獸醫這麼多年，也見過不少貓狗離去，關於生命的離開這一點是我一直都無法習慣的。」他嘆了一口氣，伸手摸了一旁的黑點。

「我想死亡本身就很難習慣吧。」我扯扯嘴角，能學會的只有釋然。

「是呀。」他挾起最後一片海帶送入嘴中，起身準備付錢。「我送妳回家吧。」

「不用了，就在附近，很近的。」我趕緊說。

「就讓我送妳吧。」他接過我手上的牽繩。「是走路就能到的距離嗎？」

「大概走個二十分鐘，當作散步。」我以為這麼說他就會打退堂鼓。

「那真的很近，走吧。」

我們沿著河堤步道走。以前黑點還跟我在外租屋時，我常帶牠來這邊散步，黑點總是喜歡在這裡奔跑，而我也會找一個安全的地方，放開繩子讓牠肆意奔馳一下。

但後期工作忙了，父母也想要黑點陪伴，便送回老家了。

黑點來到老地方時，便顯得蠢蠢欲動。我將這件事情告訴萬宇漢，他笑了笑後鬆開黑點的牽繩扣環。

「那我們也休息一下吧。」他坐到一旁的長椅上。「剛才都在聊我的事情，幾乎沒聊妳的。」

「我沒什麼事情好說的，就很平順地升上高中，然後考上了社工學系，接著在實習時接觸了相關產業，輾轉來到展望會。」我聳聳肩，覺得自己的人生很無趣。

「這中間沒談過戀愛嗎？」

萬宇漢的話讓我一驚。

「萬宇漢，你以前好像不會這樣說話。」我挑眉。

「國中的時候就會了，只是那時候，我們不常說話。」

「但以小學來講的話，你變了很多。」

「妳也變很多啊。」他摸了一下自己的下巴。「具體來說，我是哪裡變了呢？」

「就是話變得很多、很陽光、不怕生，然後看起來很有自信的樣子。」

「但就像我說的，國中的我就這樣了。」

「我大概只認得小二的你吧，」我說：「畢竟之後我們沒說過話。」

「哪有，在發現黑點的那天不是就說話了？」萬宇漢看著前方在草地上奔跑的黑點，雖然是夜晚，但河堤的路燈還是能將黑點的毛色照得發亮。

「其實我知道，你在國中的時候就變了很多，我只是……」我停頓下來。

因為我和萬宇漢所有珍貴的交集，都在小學二年級那段時光。

「我現在不是娘娘腔了吧？」

他的話再次讓我一驚，不明白他是在問我，還是在重現當年的對話。

「你不是，一直都不是。」我深吸一口氣。「對不起，當年我不該那麼說。我從來沒那樣認為過，但是當時因為一些無聊的原因，所以才說了那些話。」

「但是妳真的是為了美少女戰士的貼紙，才跟我交朋友的嗎？」

他記得也太清楚了吧！

「……對，我不否認，因為我就坐在你旁邊，加上你小時候長得很可愛，班上的女生就派我把你拉入圈子，每個人會給我一張貼紙……」

「居然是為了貼紙啊……」他不敢置信。

「你不知道美少女戰士貼紙在當年是宛如聖經一般的存在好嗎……但這不是重點，其實到了最後，我和你在一起也很開心。即便我是為了貼紙去找你，但並不是因為貼紙才和你當朋友。」我一口氣說完。「總之，對不起，當年那句話並不是我的真心。」

「我知道。」他笑著。「但是妳能告訴我，為什麼妳會說出那句話嗎？」

「這……」我猶豫一下。「因為當時蘋果雙胞胎一直說我喜歡你，所以我……」

「原來是這樣啊！我懂了，畢竟那時候的年紀，被講誰喜歡誰都會很討厭，所以妳才會說出那樣的話。」

他看起來豁然開朗，轉過頭看著我，雙眼清亮。「既然妳都如實告訴我了，那我也得說一下，感覺現在好像在對青春有個交代。」

他的手肘靠在膝蓋上，身體前傾，雙手抵著下巴，看著前方。「我當時真的很受傷，覺得自己讓妳丟臉了、不配站在妳身邊，覺得自己被妳討厭了。」

「不是……」沒想到會給他這樣的感覺，我急著否認，但是他繼續說下去。

「所以後來，我為了能夠不再『娘娘腔』，做了很多的努力和改變。其實某方面來說，我覺得自己要感謝妳，為了讓妳刮目相看，才成為了現在的我。」

他側過頭來，路燈打在他的臉上，使他本來就白皙的肌膚看起來更是細緻。

在這個瞬間，我彷彿看見了小二時總是安靜低著頭的他。哪一個模樣，才是真正的他呢？

是為了我而改變的現在的他，還是那個只存在我記憶之中的小男孩，才是他？

萬宇漢抬頭看著我，輕輕一笑。「但即便我成為了……不一樣的自己，但內心深處大概還是擔憂，所以一直不敢跟妳說話，明明每天都可以在學校看到妳……」

聽到這句話，我皺了皺眉頭。「每天？但是我們當時教室離得很遠，我又不像你一樣會下課到中庭打球……」

他似乎發現自己說溜嘴，張著的嘴久久未閉，最後才聳聳肩笑了笑，繼續說：「我的班級在走廊底，可以看見你們班負責的外掃區域，我時常在那邊。」

「在那邊……看著我？」我試探性地問。

「對，我在那邊看著妳，想著今天一定要跟妳說話，然後就這樣一天度過一天，直到那天才有機會說話。」

他的雙眼真誠又炙熱，頓時讓我不知道該不該繼續看著他。「所以、所以你是這樣發現黑點的？」

我只能轉開話題，而萬宇漢則稍稍退開了點，抬頭仰看夜空。

「嗯。後來我們的確也有了對話的機會，卻是在我轉學前一天。」他瞇起眼睛，望得悠遠。「當時，我其實有很多話想跟妳說，可最後只剩下那句……」這一次他目光放軟地看向我，語氣也輕柔得令人想哭。「所以說，我現在已經不是娘娘腔了吧？」

「當然不是，一直都不是！」這一次，我終於能及時說出口。「我一直很後悔當時你這麼問的時候，沒有馬上回答你。」

「但沒關係啊，至少這麼多年以後，我也知道答案了。就算曾經那麼難受，如今也說開了。」他如此輕描淡寫地帶過了我的愧疚。

雖然現在的我們都是大人了，但在這個瞬間，我卻把坐在身旁的成熟男人，與那個揹著書包的白皙小男孩重疊在一起。

這些年來我只顧著自己的遺憾，卻忽略了在那段時間中，我曾經帶給他的傷害。

我閉上眼睛，想像著過去。

那個男孩有過幾次曾經在我身邊，想要向我證明他的改變，卻又扭捏不敢說話。又有過幾次，他靜靜地站在走廊尾端，看著在下方打掃的我。

原來，一直以來，不是只有我在對他念念不忘。

我好想告訴他自己的想法，想告訴他這些年的思念，就是現在，我現在就要——

汪汪！

黑點大叫著跑回我們腳邊討摸，萬宇漢也笑了。「黑點，跑開心啦？想回去啦？」

我方才湧起的膽量，好像被黑點的一吼給震碎了。

萬宇漢將牠重新繫上牽繩。「那我們……等等，我有電話。」他接起電話，那頭傳來一個女生的聲音，但不是很清楚。「我在外面吃飯，等等還會回去關店。」

我牽過黑點的繩子，用嘴形對他說：「你忙，我先回去。」

但萬宇漢拉住我的手，我嚇了一跳。他的手如此巨大又厚實。

「盛真卉。」掛掉電話以後，他露出了今晚第一次的遲疑。「我覺得這句話還是要告訴妳，否則我大概會惦記一輩子。」

「什麼……」

「我當年會那麼難過，除了以為妳不把我當朋友之外，就是當時我很喜歡妳。」說完，他咳了一聲。「小男生的初戀那樣。」

「原、原來……」我支吾。

「妳不用擔心和尷尬，就只是過去的遺憾。」他鬆了一口氣。「很抱歉不能送妳，我先回去醫院了。」

「沒關係，謝謝你……」

「那我先走了。」他彎下身撫摸黑點的頭。「黑點，下次有機會再見。」

在他轉身離去時，我一直站在原地注視著他的背影。

一直以來，我都想跟他道歉，了卻內心的愧疚，而我的確做到了。

另一個呢？

萬宇漢留給我的遺憾不僅僅是因為自己的愧疚，還有當時，他也是我的小小初戀。

我那個勇氣，又逐漸湧起了。

我該不該告訴他？還是應該讓遺憾永遠是遺憾？

若是過了今天，過了此刻，我大概一輩子都沒有再說出口的勇氣了。

「萬宇漢！」我大喊他的名字，而他迅速地轉了過來。

「怎麼了？」

「當時，我也喜歡著你。」

↓翻至第110頁

「謝謝你今天請我吃飯，下次換我請吧？」

↓翻至第152頁

07 難堪

「好，那你要約哪裡？」

我如此輸入。很快地，徐光威已讀了，卻久久沒有回應。我等了一陣子，又傳了問號貼圖。

他自己約了以後又不回應是怎樣？

難道他今天沒放假，只是剛才空閒了，現在急診室有病患？

不對，我怎麼又很自然地在幫他找藉口了？

於是我一面工作、一面等著他的回覆。過了大概一個多小時，他才問我今天行不行，並貼了一家醫院附近的自助餐廳。

但是約自助餐……並不是嫌棄，只是怎麼會約自助餐？

不過我也不好挑剔，便跟他講好了時間，下班的時候還提著小藍帶回來給我的限量彩妝，搭計程車來到約定的地點。

用餐時間的自助餐廳人數不少，一進去便看見徐光威已經坐在裡頭，甚至已經吃到一半。這讓我的觀感很差，可是我人都已經來了，掉頭就走也很奇怪。只是我已經在內心暗暗後悔，為什麼會答應和他見面？

「盛真卉，這裡！」他很大聲地喊我的名字，這下子我連回頭的機會都沒有了。

我扯了嘴角，也只能對他招手。

「妳快去挾妳要吃的吧！」他聲音有夠大，讓我不禁有點懷疑，他是不是故意的。

我先將東西放到了桌子邊，才拿著餐盤去排隊挾菜，但是等我回到桌邊，他已經吃完了。

我感覺非常差勁。我真是傻了才會來和他見面，好在菜挾得不多，能快點吃完快點離開。

忽然，他劈頭就這麼說：「我搞不懂妳那天到底在生什麼氣。」

「你不是要跟我道歉的？」我瞪大眼睛。

「原本是有打算，但我後來想想，我那樣對待妳，妳還願意出來，這會不會是一種釣魚手段？」徐光威的手托著腮。

「釣魚？」

「就是有些女人會想要跟醫生在一起，所以……」他聳聳肩。「況且妳以前那麼喜歡我，我任何的要求都接受……我總覺得怪怪的，猜想或許妳出社會以後認清了現實，就是醫生薪水高時間少，是個交往的好對象。」

「徐光威，你是不是太自命清高了?!」我怪叫。

「我那天是真的有反省，包含我在喜宴上還有妳家對妳做的事情，以高中時期的種種新仇舊恨加起來，妳應該不會想見我才是，怎麼會這麼輕易又和我見面？」他點點頭，瞇起眼。「所以我想了下，啊……我最近許多醫生朋友都提到只要開同學會，就被以前的女友或是女同學纏上，只因為我們的職業。」

我啞口無言。徐光威這個男人是自戀到什麼程度，以為我是拜金女嗎？

「我剛才看了一下妳那個袋子，裡頭的彩妝是國外限定版的對吧？前陣子我學長到國外開醫學會議，他女朋友就指定要這一款，買不到還被哭夭，所以我記得，價格還不便宜。」

「那是我同事送我的！是因為我當她的代理——」

「妳同事？還是妳的曖昧對象？」徐光威一臉不可一世。

我東西也不想吃了，收拾東西就要起身。「我和你沒話可說了。」

「等一下，盛真卉。」徐光威拉著我的手腕。

「放開我！」

「反正我當醫生很忙，沒空經營感情，而妳似乎也變成了膚淺又愛玩的女生，我們要不要做個交易？」

「我不是你想的那種……」

「妳以前不是很喜歡我嗎？各取所需，妳想要什麼，在允許的範圍之內，我可以買給妳。而當我想要的時候，妳也別拒絕我，就像以前一樣。」

我不敢相信這種話會從徐光威的口中出來。「你夠了！」

「有差嗎？我們以前那麼親密，不差現在也親密吧？如果都要找床伴，找熟悉的不是更好？」

我真是不敢相信自己曾經那麼喜歡的人，現在變成了這種死德性！

他在計程車上傷心的時候，我還覺得他很可憐。

當他傳訊息說著給他一個道歉的機會時，我以為他是真心的。

我不過是不想讓原本就不太美好的初戀回憶，更新了以後卻停留在徐光威的強吻，還有景容的婚禮上，所以才想來赴這場最後的約。

然而，此刻卻成為了更糟糕的景況。徐光威不只踐踏了我的尊嚴，就連我曾經的情感都被評價得一文不值。

我要浪費時間跟他爭吵，或是乾脆一走了之，從此眼不見為淨？

打徐光威一巴掌後離開。↓翻至第170頁

好好過一個人的生活吧。↓翻至第174頁

08 當時的喜歡

他的臉上帶著期待，那成熟又剛毅的輪廓，雖已經全然失去了國小時期的殘容，但依舊是我想念的那張臉。

「當時，我也喜歡著你。」我握緊拳，一口氣說出來。

明明說的是過去式，怎麼卻還是會這麼緊張呢？果然要面對過去的遺憾，還是要有足夠的勇氣啊。

「欸……」他似乎沒料到我會這麼說，慌張得手一下摸臉、一下摸頭。「我從來……沒想過妳會……」

見到他這麼緊張的模樣，搞得我也更緊張，原本以為說出口之後，兩人帶著釋懷笑容的假想成了空。

「為什麼？」

「為什麼？」沒想到他會反問我。「這、這……我怎麼會……那你又為什麼以前會喜歡我？」

「因為……」他頓了下，猶豫著，最後說了。「因為妳是我唯一的朋友。」

這句話聽起來八股卻又有些像是藉口，說實在的我有點不滿意。但難道我希望他說出「因為妳很可愛」或是「妳陪伴我」之類的偶像劇台詞嗎？

「那如果當時是蘋果雙胞胎當你的朋友，你也會喜歡上她們囉？」怎麼我說出口的話會這麼酸呢？

「才不會。」他往前走向我。

「但是你剛才的意思就是這樣啊，當時誰找你當朋友，你就會喜歡那個人。」我撇過頭，還哼了聲。

「才不是，我是因為……」

忽然，萬宇漢笑了出來，這讓我有些不高興，轉頭看他。

「笑什麼？」

「我只是覺得，妳這樣子很可愛。」

這句話來得猝不及防，讓我無法招架，可笑地瞬間紅起了臉。

明明談過了好幾次戀愛，也來到害羞都該是羞恥的年紀，卻還是被萬宇漢的話撥動心房。

「妳喜歡我，是什麼時候的事情？」

「咦？」

「是國中的我，還是小學的我？」他比了一下自己的臉。

「應該是……小學開始吧。」說完一見他張大嘴的表情，讓我意會到自己說了什麼，但是也收不回來了。

「所以妳從小學就一直喜歡我到國中，這麼長的時間呀？」他看起來很開心，笑得令人難以招架。「明明當時的我是個不算男生的男生，為什麼會喜歡我？」

我皺眉。「什麼不像男生的男生……」

「娘娘腔啊。」他又笑了一下，故意用那樣的語調。

「不要再這麼說了啦！」我哼了聲。

他來到我的面前，從我的指間接過黑點的牽繩。「想了想，我還是送妳回去吧。」

「欸，不用啦，你不是要忙，剛不是怡津打來要——」

「沒關係，我送妳。」他笑著說，拿出手機。「對了，我們加一下LINE吧。」

「啊，好啊。我的ID是……」我正要唸時，黑點卻忽然往前跑，萬宇漢整個被往前拉，手機連忙交給我。

「妳輸入吧！」他喊著，跟著黑點跑起來。

我看著手機螢幕已經顯示到LINE的介面，按下了「加入好友」並輸入自己的ID，點開聊天室，傳了一個貼圖給自己。

然而就在我要關閉之際，瞧見了在我的聊天格下方的另一個女人，她傳了三個訊息，萬宇漢還沒點開。

語馨

「今晚不會回家。」

這是最後一個顯示的訊息。

我知道萬宇漢是獨生子，而且「語馨」顯示的大頭照是她和萬宇漢的合照。要麼是和女友同居，要麼就是已經結婚了。

不知道為什麼，知道這個消息，讓我有點小小的……遺憾。

怎麼萬宇漢這個男人，總是帶給我遺憾呢？

對此，我輕輕笑了下，關掉了他的手機螢幕，追上了在前方的萬宇漢和黑點。

「黑點真有體力。」他笑著接過我交給他的手機。「妳加了嗎？」

「嗯，加了，還傳了個貼圖給我自己。」我看著他點開手機的動作，想知道他會不會主動和我提起這件事情。

但他只是看了一下，便將手機放到口袋中。「走吧。」

看來，他是不打算跟我說了。也是，沒有必要和我這個才剛告白過的老同學說現今的感情狀況吧，既然如此，我也別問了，沒什麼好問的。

於是他送我回到租屋處，彎腰摸了摸黑點的頭，抬頭對我說：「晚安了，真卉。」

他忽然只喚我兩個字，讓我的心一揪，對上過於柔情的雙眼，不太自在地說：「怎麼了，忽然這樣叫我。」

「就只是想著學生時代很少叫妳。」他聳聳肩，一臉淡然。

「我也很少叫過你吧。」

「不一樣。」他像是在思考些什麼，雙眼往旁看去，又很快地垂下，努努嘴後張了張口，卻又停頓，彷彿千言萬語化為了一句：「那我先走了。」

「啊……」

而我又想多說些什麼呢？

既覺得這樣結束很可惜，但想起了剛才的訊息，我瞥了眼他的手指。沒有戒指，也許只是同居的女友。

「怎麼了？」萬宇漢瞇眼微笑，那模樣甚是好看。

不為過吧？

我只是想跟以前的回憶多相處一點點時間罷了，這是人之常情，對吧？

「萬宇漢，你要上來坐坐嗎？」我問。他張著嘴，雙眼輕微地左右看了看，明顯在猶豫。

「現在才八點多，坐一下下聊一聊……」我看了一下手機時間。「嗯，九點以前離開，應該還好吧？」

我的話語還真像男生在挽留女生，但此刻的我似乎也只能這樣說。

「那……就一下下吧。」萬宇漢猶豫再三之後，給了這樣的答案。

我鬆一口氣，但隨後也升起了緊張感。

我和他一路搭電梯來到我的住處，雖然不大，卻也有一體成形的小廚房和客廳。黑點搖著尾巴來到牠的老位置，而萬宇漢則打量屋內。

「妳這樣租多少錢呀？」

「只限定給女生是嗎？可惡，每次限女的租屋都比較優。」

「說好的性別平等呢？」

「還包水費？這也太佛心。」

「妳平常有在煮飯？」

「這夜景也太好。」

他像是個好奇的孩子一樣問個不停，對於我能如此幸運找到優質的租屋處嘖嘖稱奇，而我則拿起了一旁劉婕方之前送我的紅酒。

「等等，妳要開酒？」萬宇漢瞧見我的動作。

「剩一點點而已，我們把它喝完吧？今天是我開的第三天了，就當幫我喝吧？」我晃了一下酒瓶，裡頭的液體剩不到兩杯，是連小孩子都不會醉的程度。

「嗯……」他又在猶豫了。

「難道你酒量不好嗎？」我問。要是如此，自己喝即可。

但萬宇漢反駁。「沒有，那就來吧。」

「也是啦，男生應該很會喝的。」我想起大學時期班上的同學，還有出社會後應酬飯局上的人，每個男人喝酒都像是拚上性命一樣，最後甚至臉不紅氣不喘，讓我認為他們不是肝已經壞了，就是酒量確實很好。

所以，這大概也造成我的迷思，就是男人的酒量大多都比女人還要好。

「也……是啦。」他接過我的紅酒，還聞了一下後，才在我的招呼下坐上一旁的小沙發。

我拿了一些下酒菜、零食放到桌上，一邊晃著手中的紅酒杯。萬宇漢見狀也跟著搖晃，黑點在一旁的地毯上呼呼大睡。

「牠今天真的太開心了，跑得那麼盡興，耗盡體力吧，才會捨得睡覺。」不然黑點一般喜歡撐到我也睡了，才會跟著睡。

「一定是這裡的人事物讓牠非常放心。」萬宇漢輕輕喝了口酒。「這挺好喝的。」

「是吧，劉婕方對酒還挺有品味的……你知道劉婕方是誰嗎？」

「知道，妳以前的好朋友。」

他的話讓我有些意外，卻又不太意外。

大概是喝了一點酒的關係，即便不到讓我醉意萌生，但也使我長出足夠的勇氣。

「為什麼你會認得劉婕方？」

我的內心有個答案，只是想知道，萬宇漢的答案會不會跟我一樣。

「她不是妳國中的好朋友嗎？」萬宇漢又回一次。

「但是……你怎麼會知道我最好的朋友是她？她沒和你同班過，而我們的班級又離得這麼遠……之後你也轉學了，我是說，你怎麼會知道？」

因為，你有在注意我。

因為，你以前喜歡我。

我想聽到這樣的答案。

「因為我時常在走廊底端，看見在外掃區打掃的妳。有時候，那個女生也會一起陪妳打掃。還有妳們時常一起放學去吃東西，參加一樣的社團，下課也經常走在一起，甚至連壁畫比賽都是一起參加。」然而萬宇漢的話遠遠超出我想要聽到的。

這下子，換我不好意思，用手撩了一下頭髮撥到耳後，喝了一口酒。

「你那時候這麼注意我啊？」為了緩和氣氛，我故意如此調侃。

「是。」

沒料到萬宇漢的回應如此認真，我抬眼看向他，那窘迫和慌張已經消失在他臉上，取而代之的是通紅的臉蛋和迷濛的雙眼。

「萬宇漢，你……酒量不好啊？」我看了一下他手中的酒杯，居然空了，他什麼時候喝完的？

他有些含糊。「我不太會喝……」

「那你為什麼不跟我講？」我趕緊拿下他的酒杯，但他搶過了我手上的杯子，一飲而盡。

「你做什麼啦！」我要搶回來，卻來不及。

「因為，妳說男生都該會喝。」

「我、我哪有這麼說，我只是說男生應該很會喝……」

「所以說，我才喝的。」他看起來暈沉沉的，紅酒的後勁不小，但萬宇漢這樣也太快了吧？

「你幹麼這樣……」

我趕緊起身要去廚房倒水，但是萬宇漢抓住我的手腕。雖然輕柔，力道還是讓我身體一顫。

「因為，妳說過我是娘娘腔，所以我才不要再一次被妳這麼說。」他的笑容中帶著些許惡作劇。

「我都說了對不起。」我咬著下唇，但他的雙眼中透露著另一種情緒，這件事情的確記在他的心底。

「我知道……只是說啊，我時常做任何事情的時候……都會這麼想，想著我這樣子做，會不會太娘？我這樣的表現，會不會不太好……要當一個被盛真卉認可的男人，那該怎麼做呢？」他的聲音很輕，明明已經是成熟的男人聲嗓，我卻彷彿見到了小學二年級時，他那可愛卻又內向的模樣。

「對不起……萬宇漢……」不知道為什麼，我又想起了他在國二那年於我耳邊說的那句話，以及對我說再見的模樣。

分不清楚到底是誰先張開雙臂，擁抱了對方。

原本這個舉動，還可以勉強用「彌補遺憾」來填充，又或者，假如今天他也單身，那我也不會有些良心不安。

更退一步來講，我們是能停留在這個擁抱。

錯就錯在萬宇漢不該親吻我的臉頰，當我驚恐地對上他的雙眼時，下一秒，已經四唇交疊。

我還是，可以拒絕的。

可是我的手卻沒有，我抱住了他。

我還是，可以拒絕的。

可是我的唇卻沒有，我親吻了他。

我還是，可以拒絕的。

可是我的身體卻沒有，我將他塞往我的身裡、我的心裡。

要說這是愛，還是遺憾？

我想都不是。

這只是一種在某個理智片斷之中的激情，將所有後果拋諸腦後，現在這世界狹小得只有我們兩個，所有的回憶、不捨、遺憾、惋惜，在酒精的催化之下蜂擁而上，融化在彼此的親吻之中。

路燈照進屋內，灑落在他根本來不及脫去的衣服上，他皺著眉頭壓在我身上，在這對兩人來說明顯不夠大的沙發，卻只是讓我們纏繞得更緊。

我瞇起眼睛，看著他的額頭流下的汗水，伸手撫去了那滴晶瑩，而他順勢親吻了我的手腕，令我一陣酥麻，呻吟出聲。

「呀……」忽然，我感覺到腳底一陣濕潤，他笑開了，親吻我的臉。

「怎麼了？」

然後隨著我的視線一起往下，黑點正搖著尾巴站在沙發尾端看著我們。

「黑點舔我的腳。」

「牠也想插一腳？」

「你什麼時候會說這種話了？」我有些訝異，這種像是臭男生會講的……嗯，色情的話。

然而他輕笑出聲。見著他笑，我也笑了，於是他又吻了我的唇。

那個總是跟在我身後，聽我指揮的小小萬宇漢，已經轉變成如今眼前這個該是熟悉，卻有點陌生的男人。

在萬宇漢去浴室洗澡的時候，我拿出了衣櫥裡頭的運動外套，還有那條手帕。上次回老家的時候，我把它們一起帶來了。

我輕輕聞了上頭的味道。這麼多年過去，當時屬於他的味道已經消失了，取代的是我們家常用的柔軟精香味。

「萬宇漢。」我輕敲了浴室的門。

「怎麼了？」

「我能進去一起洗嗎？」我想讓自己和萬宇漢的身上，沾染著同一種味道。

所以我邊說邊扭動了門把，卻發現他上鎖了。

「抱歉，我習慣自己洗。」

萬宇漢的聲音聽起來有些慌，急忙關掉了蓮蓬頭，並且堅定拒絕，宛如這扇門一樣堅硬，擋住了我們之間的交流，還有這幾年的時間落差。

我們才剛上過床，他這樣的反應是不是太奇怪了？我是女生都不害羞了，為什麼他會……不過，或許這也不是該介意的事情，不是每個人都習慣和他人一起洗澡。

只是我覺得一起洗澡，是一件很親密的事情，對於萬宇漢的拒絕，說實在的我有點震驚與傷心。

「那好吧。」我往後退。也許即便身體結合了，我們的心還是有段距離。

而這距離，遠得光靠回憶也無法彌補。

當萬宇漢走出浴室的時候，甚至已經穿好了衣服。仔細想想，剛才的親密接觸時，他也穿著上衣，沒有裸身與我坦誠相見。

「萬宇漢……」我喊著他的名字，靠上他，親吻他的唇。

而萬宇漢熱烈地回應我，他的手再次滑入我T恤下什麼也沒穿的肌膚上，我也順勢要脫去他的上衣，但是他慌張地拉開我。

「我、不脫衣服。」他扯出一個勉強的微笑。

「為什麼？」

「沒有為什麼，習慣。」他說完再次俯身吻我。

脫不脫上衣，真的不重要，但我也無法抹去心中的疙瘩。

「我喜歡你……」在他的身下，我輕喃著，但萬宇漢並沒有回應我，只是盯著我的臉，眷戀地親吻我每寸肌膚。

等到一切結束後，已經是晚上十一點多，他坐在床邊穿回原本的襯衫。

我一邊摸著黑點的頭，一邊看著他的背影。他沒有留下來過夜，可是LINE的訊息不是說了，今天不會回家嗎？

但我不會開口問他是否留下，這大概就是唯一一次，也是最後一次了。

我不說破，他也不說破，就這樣讓回憶有個算是美好的句點，好像也可以。

但既然如此，我還是想把那套運動外套還給他，當作是個餞別。

我起身來到衣櫥邊，拿出了那套運動外套，讓萬宇漢睜亮了眼睛。

「妳還留著？」

「畢竟這是你唯一留給我的。」我輕輕捏緊了運動外套，扯了扯嘴角，交給他。

「現在還給你吧。」

「為什麼要還給我？」萬宇漢看著我手上的外套，一臉迷惑。

「咦……你不是……」打算不再和我見面了嗎？

「妳這禮拜還是帶黑點來找我，幫牠檢查一下身體。」他扣上了襯衫釦子，變相地和我約了下一次的見面時間。

「萬宇漢，你這個意思是……你還是要持續和我……」我比了一下兩人。「保持這樣……的關係？」

「難道妳是抱持著要斷了聯絡，才和我……」他似乎在想要怎麼形容，但最後還是說出了。「上床。是這樣嗎？」

難道不是嗎？

你不是已經……難道是我誤會了？

「萬宇漢。」我深吸一口氣。直接問不就行了嗎？「我問你一個問題，你要老實回答我。」

「嗯？」他的聲音好輕柔、好輕柔。

「你是單身嗎？」

這個問題似乎在他意料之中，卻也在意料之外。

他沉靜了一下，緩緩開口。「不是。」

這答案我不意外，所以我只是扯了嘴角。「那你女朋友……」

「真卉，我結婚了。」

頓時我倒抽一口氣。萬宇漢已經結婚了。

「那你怎麼能……」

不，我不能把錯怪到他身上，我也知道他不是單身不是嗎？我只是不知道是結婚了，所以我不能怪他。

「那你為什麼還要和我保持這樣的關係？」

「因為我喜歡妳，一直以來都沒忘記妳。」他說得如此理所當然，不帶猶豫也不帶愧疚的模樣，讓我有些傻眼。

「那不都是過去的事情？」

「對我來說從來都不是過去。」他起身，看著我手上的運動外套。「這麼多年來，妳把這外套和手帕都留著，甚至還帶到了租屋處，要說妳把這些都當成過去嗎？」

「我……這不一樣……」

「我沒打算跟妳就這麼斷了，但我還是尊重妳的選擇。」他伸手摸上我的臉。「我還是想和妳在一起，妳呢？」

「我也一直都沒忘記你。」→翻至第176頁

「我沒有辦法，你走吧。」→翻至第212頁

09 陌生

管他是想怎樣道歉，事到如今都太晚了，況且我相信再見徐光威一次，我大概會吐血而亡。

所以我飛快地打上了「不用了，再見」並發送出去。

如此簡潔明瞭又堅定表達自己的意見，這樣就夠了，讓他知道我的決心。

原本想要順便封鎖他，但想想這樣的舉動有點幼稚，於是便放著不管。

回完訊息後，經理又臨時召開會議，我瞥了一眼螢幕——已經已讀，想說徐光威會魯小，等等會議結束一定會一堆訊息。沒想到結束會議後，依然維持在已讀的階段，沒有其他訊息了。

說要道歉的誠意不過如此，還好我沒真的答應跟他見面。

不過，這不爽的情緒是什麼，徐光威還真的很能夠惹我生氣耶。

懷抱著一股難以言喻的心情處理完一堆公事，終於能夠下班，我將小藍的禮物收妥，決定回家要買不營養的鹹酥雞和啤酒當晚餐。還是只有食物最療癒了。

就這樣我一邊哼著歌曲進入電梯，抵達一樓和警衛點頭說了再見，步出公司大樓，卻看見站在柱子旁的修長身影，還以為自己眼花了，但男人卻露出了勝利的狡詐笑容。

徐光威雙手環胸。「盛真卉，想不到吧？」

「你怎麼知道我在這裡上班？」

「不是說了嗎？問一下就會知道啦。」徐光威聳聳肩。

「那你來幹麼？我都拒絕你了。」我說完就朝前方繼續走，但徐光威卻跟了上來，還搶走我手上的提袋。「喂！」

「我幫妳拿吧，還有我有騎機車，停在那邊。」他比了一下後頭，但我沒看，只想搶回他手上的袋子。他俐落閃過，直接轉往他的機車。

「徐光威！」我大喊，但他不理會我，坐上了一台藍色的電動車。

「快點過來喔，不然這東西我就要帶走了。」他瞄了一眼袋子裡頭的彩妝。「我知道這個，國外限量的很貴欸！」

我發誓，如果真的是一般台灣專櫃買得到的，我絕對掉頭就走；但那是國外限定又限量的商品，況且還是小藍送的東西，我再怎樣也不會跟它過不去。

「你不要亂拿我東西，那是我同事帶回來的謝禮！」我大喊，這種話卻讓他更高興，還故意晃了一下，似乎叫我有種過去搶。

所以我只能氣沖沖地走向他，原本想一把搶回，但是他更快速地打開了車廂蓋子，將安全帽拿出來，把我的袋子塞到車廂裡蓋好。

「你到底在做什麼?!」我覺得自己血壓都要升高了。

「我只是想要一起吃個飯，然後送妳回去而已啊。」徐光威的雙眼在我臉上打轉。可惡，即便這麼機車，他還是非常非常好看。

「誰要跟你吃飯，我不會自己開——」我吼著，然後看了一下電動車的儀表板。我大學時期騎過幾次機車而已，對一般的機車都不太熟悉，何況是電動車的儀表板。

就在我猶豫哪個是坐墊開啟的按鈕的時候，徐光威已經把安全帽套到我頭上。「走吧。」然後朝我一笑。

我和徐光威在交往的時候，都還沒有十八歲，所以我並沒有坐過他的機車，更別說這種幫忙戴安全帽的舉動。

我在這個瞬間，忽然有點惆悵。

我認得高中時期的他，我們也經歷過很多事情，例如第一次親吻、牽手、親密接觸等等。我們明明度過了許多珍貴的第一次，然而，我卻不認得大學時期的他，不認得曾努力於學業的他、不認得在時間中成長的他。我曾經以為自己夠了解他，把他當作了不懂得珍惜我感情的渣男，事實上對我來說，我會這樣想也是無可厚非。

畢竟我們的感情基礎並不是建立在互相喜歡，而是我要求「試試看」的。

所以，一開始我們就有了問題。

但很快地，我打消這種傷感的念頭。我怎麼能檢討自己呢？

畢竟再怎麼樣，都不能在有女友的情況下喜歡上別人，不是嗎？

但奇怪的事就在於，明明我對過去的自己不捨，但再次見到徐光威依舊輕佻的模樣，我卻無法真正地生氣。

我想，初戀大概真的是很可怕的存在吧。

無論對他再怎麼不爽，都還是會不小心陷入一點點青春的惆悵。

住在青春時光的人，真的是吃了無敵星星呢。

可是，我對他的態度近乎友善，不單是因為他是初戀，不單因為他是徐光威。而是這些年的我也成長了不少，隨著時間逐漸增長，曾經不捨離別的我，也逐漸明白天下無不散的筵席，任何緣起緣落都欣然接受。只是，如果不是重逢了徐光威，或許永遠也不會發現自己已經成長到這樣的地步，還是說，這只是我的一種自我催眠呢？

我只是想催眠自己，現在對徐光威的態度是一種成長，好合理化此刻我坐在他機車後座的事實。

我唯一的反抗，變成了不抓他的肩膀或是腰部這樣微弱的行為，明明該是成熟的大人了，面對他，還是會不小心耍起了幼稚。

大概也是因為我又想起了在計程車上掉淚的他，有了一點點的憐憫與好奇吧。

「妳要抓好啊！」徐光威故意煞車，讓我整個人撞上他的背。

聽見他的笑聲，我氣得打了他的背。「你不要這麼故意！」

「怎麼了，妳現在還會害羞喔？」

「你的態度很令人厭惡！」我吼，但這樣的反應卻讓他笑得更開心了。

看來，他也還是很幼稚。

在下一條大馬路轉彎後，他開始找尋停車位。我問他為什麼要停在這裡，他卻說訂好了餐廳。

「餐廳？你就篤定我今天一定會跟你吃飯？」我瞪大眼睛。

「我是不知道妳會怎樣，但我知道自己一定會把妳帶來。」他說得輕鬆，找到了一個車位，讓我先下車後順利停入。

我摘下安全帽，覺得自己的頭髮都亂了，抱怨道：「我幾乎都搭乘大眾運輸，不會有頭髮亂了這種事情。」邊說還邊拉開打結的長髮。

「以後可能會常坐，妳要習慣。」

他的話讓我瞇起眼。「這是什麼意思？」

「就是字面上的意思啊。」他若無其事地將車廂打開，拿出了我的袋子後放入安全帽。「妳現在應該不會搶了袋子然後跑走吧？」

「你剛才說常坐是什麼意思？」我追問，跟著他進到了一旁的泰式料理餐廳。

「就是機車啊。」他完全沒正面回答我的問題，朝服務人員比了人數，並提到自己有訂位。

我看了一下餐廳內部，赫然發現這是最近很受歡迎的網美餐廳。沒想到徐光威會知道這樣的餐廳，看樣子在女生之間還是很吃得開。

坐定位後，他似乎很熟稔地點了好幾道菜，直到服務人員離開後，他才像是忽然發現我也在這裡一樣地問：「忘記問妳有沒有想吃什麼，或是不吃什麼了。」

「不需要，反正你自以為是也不是一兩天的事情。」我酸言酸語。

「哇，妳的語氣很適合這裡喔。」

「什麼？」我挑眉。

「泰式酸辣湯啊。」他說完還笑了。好吧，是有點好笑，但我必須板著臉。

「你到底要做什麼，你真的很煩人。」我不耐煩地說。我再發誓一次，要不是現在是待在這間我一直想朝聖的餐廳，我一定轉頭就走。

「盛真卉，妳變了好多。」

我翻了白眼。「之前不是說我都沒變？」

「我現在改變想法啦。」他雙手交疊放在下巴上，十分有興趣地看著我。

「你倒是一點都沒變。」我不禁嘆氣，那神態、那強勢，還有那好看的臉蛋。

「我就當作是褒獎了。」他聳聳肩，神色卻很認真。「我是說真的。妳以前總是跟著我，看我的臉色，我說東妳不說西，我說好妳不敢說不好。我以前覺得那是理所當然的，應該說，我以為那就是妳的個性。直到那天喜宴之後妳那樣拒絕我，還有今天，我已經先低聲下氣說要跟妳道歉了，妳居然還拒絕我。」

「你這是要道歉的語氣嗎？」我感到不可思議，他確實是要道歉，但那理所當然的語氣是怎樣？

可是……這一次，我卻不覺得生氣了。

為什麼？

「我是說真的，盛真卉，妳讓我嚇一跳，妳好有趣。」他說這句話的時候，眼睛閃閃發亮。然而這句話似曾相識。

有趣，一直以來好像都是他對我的評價。

然後直到我不有趣了，或是出現了他喜歡的人時，就會把我拋棄。

我失笑，想到剛才還惆悵著失去他成長的青春片段而惋惜，就覺得十分可笑。

江山易改，本性難移。

他，還是那個閃閃發亮，我卻永遠無法觸及的徐光威。

「是呀，我一直都這麼有趣。」我決定要像個大人般地回應，將他當作一個普通的人，不是我曾經很喜歡、很喜歡，卻又背叛我的那個初戀。

我看他這樣子也不會提景容的事情了，所以也不問，更不去問當初背叛我的過往。

「對了，妳喝酒吧？」他這次懂得詢問了，然後在我頷首之下，點了熱帶水果口味的啤酒。

那確實是個愉快的夜晚，徐光威依舊幽默風趣，是閃耀的星星。

然而他沒有跟我道歉，但我想，我也不需要他的道歉了。或許過往的那段情，是為了現在的我們可以成為朋友吧？

◆ ◆ ◆

「真卉，妳有收到聖澤醫院的公關寄來的Mail嗎？」一大早到公司，早餐都還沒吃，小藍已經跑來問我這件事情。

「我剛剛有看到了。他們想要增設到宅沐浴車，但目前有些瓶頸，所以想透過我們幫忙宣傳。」所謂到宅沐浴車，就是能協助一些行動不便的老人家或是失能的長者進行沐浴。

「很難想像連自己洗澡都沒辦法，我稍微看過他們影片的介紹，這沐浴車真的很需要。」小藍咬著下唇。「然後我要說的是，妳有看到聖澤表示希望由妳負責嗎？」

「我有看到。這倒是奇怪，以前聖澤不會指定負責人。」

「一定是因為和妳合作得很愉快。」小藍挑眉。「所以這個案子就交給妳囉！」

「嗯，我等等和他們公關約一下時間。」說完我便繼續吃早餐。

腦中倏地浮現一個奇怪的想法。該不會是徐光威……不過急診室醫生有權力決定合作對象嗎？

所以就是巧合而已吧。

下午，我比約定好的時間還早抵達，但也覺得特地繞去急診室找徐光威有點奇怪。

隨即又想，如果是一般朋友，也會順道過去見見對方吧，我不去反而像是心裡有鬼。

左右為難之後，我還是朝急診室走去。

但是一到急診室便發現這裡兵荒馬亂，像是電視劇會出現的情景，一群醫護人員推著病床從外面送進來，而另一群又推著病床衝出去。

看樣子是有什麼車禍或是緊急事件吧，這下子不是我進去攪亂的時候。所以我轉身正要離開，卻差點撞上一群迎面跑來、穿著藍色衣服的醫生們。

「盛真卉！」其中當然包含徐光威。即便戴著口罩，我也能一眼認出他。「妳今天怎麼……啊，是來討論沐浴車嗎？糟糕，我現在很忙，等等聯絡。」

他邊跑邊說完這一長串的話，便隨著一群人衝進急診室，我根本沒有回應的機會。

「他真的很忙呢……」我喃喃著，回到了電梯前，等著電梯上六樓。

等等，他怎麼知道我來討論沐浴車？難道……

醫院的公關是一位看似年輕、卻已經有兩個小孩的媽媽，她總是能清楚說明他們的需要和預算，不會拐彎抹角或是像一些企業家既想捐款又想殺價。

所以我們總是能在最短時間內談到雙方都能接受的範圍。準備離開的時候，她忽然問：「聽說妳和急診部的徐醫生是高中同學？」

「妳怎麼知道？」我瞪大眼睛。「不會吧，難道指定我負責的真的是他……」

「哈哈哈，當然不是，他沒那麼大的權力啦！」媽媽公關聽到我這麼說，立刻擺手笑著反駁。「是之前他上來繳單子的時候，我們部門正好在討論沐浴車的事情，在猶豫要找哪個單位提案，他便提到你們公司，並介紹可以找妳。雖然是他先提到，但我們之前也合作了好幾次，不需要徐醫生的推薦，我們也會想交給妳。」

「原來如此。」我尷尬地笑了笑，但同時也覺得有點小溫暖。「徐醫生他……是怎樣的人？」

「妳不是他的高中同學嗎？怎麼還問我？」

「因為我們也是最近重逢，難以想像他那樣輕佻的人，怎麼當救人的醫生。」

沒想到媽媽公關聽到我這麼說，反而驚訝。「徐醫生會輕佻嗎？他非常沉穩呢，而且很可靠，護理師們都對他讚不絕口。」

「是這樣呀……」這才讓我難以想像呢。

雖然聖澤醫院繼續指定我負責並不是徐光威的功勞，但也是他先提起。

他為什麼會這麼做？為什麼要這麼做？

我以為自己夠了解徐光威。剛重逢的時候，我也的確認為自己很了解他，可是隨著我們相處得越來越久，卻發現自己搞不清楚他到底是怎樣的人。

如果人真的不會改變，難道是以前的我沒發現他的這一面嗎？

就好像，他也不曾真正地了解我一樣？

但我自己在這邊想這麼多要幹麼呢，直接去找他不就好了嗎？畢竟剛才他也說等等聯絡。

於是我離開六樓，又回到了急診室。此時沒有剛才那樣慌亂的場面，不過當我進去急診室的時候，只見徐光威正急忙跑近一個病床，拉上簾子。

明明只是驚鴻一瞥，卻讓我久久無法移動腳步。

我似乎從沒認真地看過身為「醫生」模樣的徐光威，走上這條職業的路上，他在想些什麼呢？

他那雙曾經令我著迷的眼，如今注視著所有需要受救助的病患的雙眼。而那雙曾經撫摸過我的手，如今成為拯救著每位病患的妙手。

「徐光威，你到底是怎樣的人？」我喃喃著。

◆　◆　◆

夜晚，當我洗澡完畢，正看著電視，手機卻響了起來。徐光威來電。

我接了起來，還來不及喂，他率先說：「妳吃飽了嗎？」

「吃飽了呀，都幾點了。」我看了一下時間。「你不會還沒吃吧？」

「剛下班，還沒吃。」他這節奏是要約我去吃飯嗎？但我洗好澡了不想出門，正打算要他快去吃的時候，他卻又說：「我在妳家樓下，妳方便開門嗎？」

「我家？樓下？」我大驚，而徐光威只是笑了聲。

他還記得我租屋處在哪裡？不對，他是有什麼問題，怎麼會這個時間跑來我家？

「你等我一下。」然而我還是打開了樓下的鐵門，快速穿上內衣並把鯊魚夾拿下來，簡單化上眉毛、壓個氣墊粉餅……這並不是我在乎自己在他面前什麼樣，而是我在乎自己在他人面前呈現什麼模樣。

很快地，我的電鈴響起。我打開門，徐光威一臉疲憊卻還是掛起笑容，晃了晃手中的鹹酥雞。「我來找妳吃東西。」

「你為什麼不回家？」我驚呼。現在都九點多了，誰會在週五的夜晚帶著消夜來到異性朋友家，況且我還是一個敏感的角色——前女友。

「因為妳這裡離醫院比較近，我過來比較快。」他看了一下我身後。「還是妳有別人在？不方便？」

「你在說什麼？沒有別人，但是不方便讓你進來。」我咕噥。

「那妳剛才就不該開樓下的鐵門讓我上來啊。」徐光威還敢抱怨，然後直接進了屋內，在玄關脫了鞋子，並將手上的鹹酥雞遞給我。「我可以先洗澡嗎？」

「蛤？你說什麼?!」我簡直傻眼，他是不是誤會什麼，我們是什麼關係？

「因為我剛下班，而醫院很多病菌，我如果直接就這樣進去，怕會傳染妳。」

「那你就該直接回家啊！」我怪叫。這種義正詞嚴的理由我還是第一次聽見。

「放心，我不會亂做些什麼的，大家都成年人了，妳該理解我的洗澡說法沒有錯。」說完，他還真的開始解開自己的襯衫。

「欸，但你沒有衣服穿啊！你不是還是要穿回這充滿病菌的衣服？」我制止他。

「喔，我醫院有備用衣服，平常放在置物櫃，很乾淨。」他晃了晃手中的紙袋。

……等一下，準備得這個周全，我覺得不太對勁喔。

「我們只是朋友，你要是做出那天在這裡的事情，我一定跟你翻臉。」

「我知道。」他瞇眼一笑，就鑽進我的浴室。

等到水流聲嘩啦響起，我才意識到他剛才的回覆，表示他也記得在沙發上吻了我的事情。

我到底為什麼要讓他進來呢？我嘆了口氣。

等到徐光威出來後，浴室的熱氣與沐浴乳的香氣隨之而來，我心一凜，抬頭見到他因熱水而紅暈的臉，以及濕漉漉的頭髮，起身拿了吹風機給他。

「別感冒了。」我說。和他靠近的瞬間，不自覺地有點緊張，還嚥了嚥口水。但我很快壓下這樣的心跳，告訴自己——他可是徐光威，別傻了。

「妳沒吃喔？」他看起來很自在，接過我的吹風機後將插頭插上。「快點吃啊，冷掉不好吃。」

「那不是你的晚餐嗎？」

「我在醫院有應急喝了珍珠奶茶。」

「珍珠奶——」

我的聲音淹沒在他正巧打開的吹風機風聲之中，只好撕開了鹹酥雞的袋子，發現裡頭居然有兩串雞屁股。

我立刻回頭瞪了眼還在吹頭髮的他。

這是怎樣？兩串？他就這麼確定我一定會開門？

「因為珍珠奶茶有飽足感又有糖分，很適合即時補充熱量。」他關掉吹風機，第一句話就這麼說。原來他有聽到我剛才在說什麼啊。

不過對上我瞪他的表情，他狐疑一問：「怎麼了？」

「你這麼肯定我一定會開門？」我比了裡頭的兩串雞屁股。

「也可以說我要吃兩串。」他賊笑了一下，坐到了我旁邊的沙發上。

「徐光威，我們不是男女朋友，你知道吧？」

「嗯嗯，我知道，我們只是曾經是。」他拿起雞屁股串便吃起來。

「你為什麼講話老是這麼曖昧！」

「蛤？我不是講事實而已嗎？」他露出了狡猾的笑容。

總覺得跟他說話，我的血壓都會升高。

所以我只能悶悶地吃起鹹酥雞，多說多錯。

那一天，他連鹹酥雞都沒吃完，就在沙發上睡著了。我靜靜看著他的睡臉。以往在我毫無保留地奉獻的高中時期，他也不曾在我身邊入睡過。

啊，原來正是因為我們曾經是男女朋友，所以他才能這麼自然地與我相處，是嗎？

如果我要對他的任何行為找到一個合理解釋，大概就是這個了。

看著他的睡臉，我的眼眶微微濕潤了一下。不知道為什麼，對於他的理所當然的最大原因只不過是我們曾經交往過，竟然有點想哭。

◆ ◆ ◆

徐光威就此養成了這個壞習慣，偶爾當他值夜班結束後，會忽然來到我的住處。有時候只是來吃個東西，有時候會在沙發上睡著。

他並沒有碰我，也沒有過於曖昧或是挑逗的言語，就只是兩個人聊天、吃點東西，然後他離開或是睡覺。不變的是每次一來到這裡，他總是會先洗澡，漸漸地，浴室裡居然放了一些他的盥洗用品。

我們這樣的關係，絕對很奇怪吧？但同時，我卻能感受到他的無欲。無論以前或現在，我永遠都搞不懂他在想些什麼，就讓他這樣慢慢入侵我的生活。

可悲的是，我竟然不討厭。

在到宅沐浴車經過我們公司的強力宣傳之下，許多大企業紛紛表示願意贊助提供，於是我帶著這個好消息來到聖澤醫院告訴媽媽公關，對方很高興地說還好當初有把這項目交給我來做。

「唉呀，妳手上那一堆珍珠奶茶是要拿去給徐醫生的嗎？」媽媽公關曖昧笑著看了看我手上的飲料。

「我是來見妳，帶給你們部門，順便拿給徐醫生。」我不好意思一笑，不想讓她誤會我和徐光威的關係。

「唉呀，我們可真是沾了徐醫生的光啦。」但是對方明顯不信，笑著接過了珍奶。

在被調侃的曖昧眼光注目下，我離開了六樓來到急診室，想著是否要傳訊息叫他出來，畢竟直接拿進去不太好。但是當我轉個彎，準備朝急診室方向而去時，只見徐光威正和一個漂亮的女人站在那裡聊天。

有時候我很討厭女人的第六感。

徐光威背對著我，因此我看不見他的表情，卻能清楚地看見那女人眼底透露的愛意。她身穿高雅大方的洋裝，雖然低調，卻是當季最新的名牌春裝，一看便知道不是普通人家的女孩。

「啊……那女人又來了啊。」一旁經過的護理師低語。

「我能理解她看上徐醫生的原因，但依照她的地位，應該要找更高層的吧。」

「唉唷，那些更高層的大多都結婚了，況且徐醫生前途看好……」她們的話語還沒說完，便轉進一旁的護理師休息室。

這還真是八點檔的劇情，不是嗎？

彷彿回到了高中時期的補習班前，我見著徐光威和景容走出來的場景，那瞬間，我感覺自己才是多餘的一個，我才是被拋棄的一個。

以前我是徐光威的女朋友，所以我敢、也認為自己該上前。

但如今，我是什麼樣的存在？

即便徐光威一個禮拜會來到我的住處三、四次，但我們沒有任何親密接觸。即便徐光威越來越多私人物品放在我的住處，但我們沒有任何承諾。

我看著手上那十幾杯的珍珠奶茶。我想怎麼做？

拿著珍珠奶茶走到徐光威身旁。↓翻至第240頁

將珍珠奶茶交給急診櫃檯後離去。↓翻至第192頁

10 距離

我的勇氣在看見萬宇漢的雙眼時，消失得無影無蹤。

我不安地撥了一下自己的頭髮，尷尬地笑著說：「那個……謝謝你今天請我吃飯，下次換我請吧？」

他笑了起來。「今天這不算什麼豪華料理，所以不用啦！」

「不是，我一定要請，不然你太破費了。」我急忙說，忽然發現，自己這樣子是不是想和他預約下一次見面？

「哈哈，盛真卉，妳還真是有趣。」萬宇漢笑著。「我的 LINE ID 就是我的手機號碼，等妳加我聯絡喔。」

「好。」我對他揮了揮手，看著這個從自己的記憶中跳到眼前的男人對我揮手，然後消失在這條路上。

那天，我牽著黑點回到住處，在黑點的陪睡之下，一面看著萬宇漢 LINE 的大頭照片，一面沉沉地入睡。

在夢中，我穿回了小學的制服，站在萬宇漢家樓下等。揹著書包的白皙男孩走了出來，腳上穿著那不符合他年紀該有的奢侈皮鞋。

他朝我露出可愛的笑容，小跑步來到我這裡。我朝他伸手，他的小手毫不猶豫地牽上；當我們往學校的方向走時，我看著自己的鞋子，發現怎麼變成了學生皮鞋？一抬頭，瞧見了國中時期的萬宇漢依舊和我牽著手，走在我的身邊。

「早安啊！今天兩個人又甜甜蜜蜜地來上學了嗎？」蘋果雙胞胎騎著腳踏車經過我們時還調侃了一番。

明明蘋果雙胞胎和我們念不同國中啊，她們怎麼會穿著和我們一樣的制服？

「別打擾我們。」萬宇漢笑嘻嘻地回應，過一會兒，路上出現了其他的同學們，劉婕方也在校門口對我們揮手。

「放學我再去找妳。」進校門時，萬宇漢鬆開了我的手，而劉婕方勾了上來。

「換手，在學校的時候，真卉可是我的喔！」劉婕方賊兮兮地笑著，而萬宇漢則眨了眨眼。

「那就交給妳好好保護囉。」說完，摸了一下我的頭，朝他的朋友走去。

「這是怎麼回事？」我說話，看著劉婕方和前方的萬宇漢。

「什麼怎麼回事？」劉婕方還回應我。

「我國中……明明沒有和萬宇漢說過話，更別說交往了！妳和他也不認識啊？」

「因為這是夢啊！」劉婕方理所當然地說：「在夢裡什麼都有可能發生的啊，這是妳最想要的真實，所以才會夢見這樣的夢境。」

「什麼？」我吃驚地看著她，但劉婕方的臉卻逐漸模糊，連帶周遭的景物都像是融化般地瓦解。

我睜開眼睛，看見住處的天花板，下一秒，手機鬧鐘響起，我呼了一口氣，按掉。

怎麼會做這樣的夢？

難道是潛意識作祟，才會夢到現實中根本回不去的過往，而且還做了過於美化的改變嗎？

別傻了，太陽還是升起，而我也還是要去上班。

不過……

我點開了LINE的通訊錄，看見萬宇漢的頭貼就在上面，頓時覺得，他就在我一點就到的距離，這樣真好。

◆◆◆

「所以妳沒有跟他告白喔？」劉婕方聽聞我和萬宇漢上次見面後的狀況，像個興奮的少女一樣不斷在電話那頭鬼叫。

「白痴喔，都多久以前的事情了，他會以為我神經病吧。」我一面將資料分門別類地收到文件裡頭，並貼上標籤，交給一旁的小藍，一面急著要掛斷劉婕方的電話。

「哪會神經病啦，萬宇漢不是也跟妳告白了嗎?!妳應該要乘勝追擊，一口氣撲倒他啊！」劉婕方當了媽媽以後，尺度大開，解決方式都變成先上床再說的那種。

「那不太一樣。」我小聲說著。

「哪裡不一樣？」

「反正，我跟他道歉了，那才是我最想做的事情。好了，我在上班，先這樣啦！」

「等一下啦！那讓我問完最後一個問題就好，如果萬宇漢現在要和妳再續前緣，妳會答應嗎？」

這問題讓我倒抽一口氣，但是劉婕方並沒有聽到。根據我昨晚的夢，十之八九的……不意外結果。

可是，那畢竟是夢，我們的互相喜歡都是過去了。

「什麼再續前緣，我們以前又沒交往過。」我如此說著。

劉婕方看似還要逼問什麼，後頭卻傳來小孩淒厲的哭聲，她咒罵了一句後要我好好把握，便急匆匆地掛了電話。

真是感謝她的小孩忽然發作。

然而就在我掛掉電話後，卻看見了螢幕上的訊息。是萬宇漢傳來的。

「週末有空嗎？要不要回去我們的國中逛逛？」

這禮拜在以前的國中舉行了認養動物的公益活動，柴棒身為贊助單位之一，自然也得出席。

現場有許多流浪動物之家的義工和小狗、小貓等，牠們都經由柴棒寵物醫院診治過，全是健康又可愛的小狗，希望大家能多給牠們生存的機會，領養回去。

於是，萬宇漢便邀請了我一同前往。

「原來是工作啊……還以為是什麼呢。」我故意這麼咕噥。

「嘿，怎麼這麼說呀，這可是三全其美喔。」萬宇漢大笑著，我們站在一旁的遮雨棚下整理今天的認養資料。

「哪三全？」

「第一，妳和流浪動物之家達成了公益廣告的協議。第二，我們幫助了許多可愛的動物。第三，能回到我們的國中，不覺得是很棒的行程嗎？」萬宇漢將所有東西封箱，一旁的怡津也點點頭。

「謝謝今天有妳幫忙，不然只有我們兩個會忙不過來，萬醫生又很小氣不多請工讀生……」怡津抱怨著。

「嘿，我付給妳的薪水可是比行情還要高很多耶！」

「我知道，不能抱怨一下喔。」怡津吐吐舌頭，搬起那箱子。「那這些資料我先帶著跟園長去一趟動物之家，禮拜一見囉。」

「辛苦了！」我對怡津揮手，也一同和流浪動物之家的義工們點頭致意，萬宇漢則目送他們上車離去。

一整天的活動結束，現場也整理完畢，和警衛打了招呼後，便進行我們久違的校園巡禮。

因為沒辦法進去教室，我們只能經過自己教室的走廊。

我和萬宇漢的教室有段距離，但是當我走到了他的教室時，才發現從他的教室，能夠清楚看見我的教室。

「真是神奇，但是我的教室看不見你的教室。不是有個理論說，只要你看得到我，我就能看得到你嗎？」

「現在證明錯了啊。」萬宇漢聳聳肩。「又或是說，是妳從來沒有注意過我。」

這句話聽得有點無奈，但我只是乾笑了聲。都過了那個時機，現在也不好說自己喜歡過他。

「對了，你說走廊底可以看見我外掃區域，是這裡嗎？」我比了比廊尾的露台，低頭看去，還真的一目瞭然。

「要下去看看嗎？」萬宇漢提議。

「好呀。」

我們相視一笑，朝樓梯跑去。多年後與當時幾乎沒有說過話的他，走在我們以前不曾一同走過的校園一隅，感觸十分特別，帶著些微的感傷和更多的興奮。無論多懷念過去，都不會再回來。

外掃區的模樣沒什麼改變，倒是花草好像變得更茂盛。我抱怨著打掃同學不夠認真，然後瞧見了當年發現黑點的地方。

「黑點還記得這裡嗎？」萬宇漢指著相同的地方問。

「記得喔，我以前偶爾會帶牠過來逛逛，牠總是會在這邊搖著尾巴，然後看著那個方向。」我比了比一旁的小徑。「我猜想那是你每次來餵食牠的路徑吧？」

「是呀，沒想到黑點還記得。」他看起來很感動。

「下次我們再帶黑點過來？」我很自然地這麼說，萬宇漢也同意了。

「好啦，我們差不多該回家了。」我看了一下手錶。

萬宇漢忽然問：「妳等一下有事嗎？」

「怎麼了？」

「我是想說，反正都出來了，要不要去吃個飯呢？」他抓了抓頭。

「那……」

轟隆——

天空傳來巨響，我和萬宇漢才剛抬頭往上看，下一秒，豆大的雨水直接落下，他立刻抓起我的手。「快往這邊跑！」

此刻此景，像是回到國中時期一樣。

我們在大雨中往資源回收場的方向去，那裡如記憶中一般的整潔，我們躲入遮雨棚下，用手拍去身上的雨水。

萬宇漢看了我一眼，再次脫下他的襯衫外套，但看了看那也被淋得幾乎透明的襯衫，頓時不知道該不該蓋到我身上。

「哈，我這件衣服是深色的，不用擔心。」我笑了出來，明白他的想法。「當時你也曾經把外套給我呢。」

「是呀，那景象對還是少年的我來說很衝擊呢。」他笑了笑，把襯衫擰乾之後，甩一甩。

「意思就是，現在的你已經身經百戰到不怕這種衝擊囉？」我開玩笑地調侃他。然而萬宇漢的反應出乎意料，他先是支吾一聲，耳根卻紅了起來。

我想起了那年的午後，紅起的也是他的耳根。

頓時，雨水的潮濕味道浸潤我的鼻腔，將我當年的記憶與情緒一口氣帶回。在那個當下我就該講出的道歉，以及該講出的暗戀，在此刻宛如新芽般不斷冒出。

「萬宇漢……」分不出是因為濕冷還是緊張，我的聲音有些顫抖。「我當時也很喜歡你。」

他瞪大眼睛，露出了喜出望外的神情，抓了抓頭，靦腆笑著。「所以我的初戀是有回報的。」

這句話不知道為什麼，掀起了我內心的波瀾，讓我的眼淚掉了下來。萬宇漢見狀，伸手擦去我的眼淚，靠向我，輕輕抱住了我。

最後，將他的吻落在我的唇上。

也許牽起過往的緣分，無須任何言語，也可以如此簡單。

◆◆◆

「天啊！這大概是從我被求婚後最值得開心的一件事情了！」劉婕方在電話那頭知道這事後，尖叫到我耳朵都要聾了。

「比知道懷孕還要開心？」我離手機遠些，以免真的聾掉。

「懷孕完全是意外，當時還想打掉咧。這不是重點啦，所以你們多年後又走到一起，天呀，這是什麼偶像劇情啊，快約一天我們一起去吃飯吧！」

我聽出玄機。「等一下，妳和萬宇漢以前又不認識，幹麼要約吃飯？」

「又沒關係，以前不認識，不代表現在不能認識啊！而且我真的想和妳的男朋友吃吃飯咩～～」她撒嬌著。

「等以後有機會吧，不說了，他來了。」我看著出現在馬路對面的萬宇漢，朝他招了手。

而他看見我，先是一笑，正要過馬路的時候，後頭有個穿西裝的男人卻追上了他，並拍了他的肩膀。

萬宇漢一愣，回過頭看見他，而我也正好過了馬路，走到他面前。

「萬宇漢，這麼難得在這邊遇見你。」男人說。

「啊，好久不見。」萬宇漢似乎閃過一絲驚慌，看了我一眼，又看了那男人一眼。

「我們先過馬路吧。」

「你朋友？」男人問。

「對，我國中同學，最近因為工作重逢。」他如此介紹。

我的確是國中同學，可是他的第一反應居然還是國中同學？

這讓我有點不暢快。

「沒關係，不打擾你了，改天再去你們家坐坐。我只是和客戶過來吃飯正好見到你，打個招呼。」男人說完後朝我禮貌一笑，便拍拍萬宇漢的肩膀，又朝他原本來的方向離去。

而我們過了馬路，一路無語，胸口悶悶的。

他嘆了一口氣。「今天，我們能帶黑點去散步嗎？」

「黑點在我老家，有點距離。」

「沒關係，我想見見牠，我們搭計程車回去呢？」

「嗯。」我簡短地回。

他是因為愧疚嗎？所以才說想見黑點？

招了計程車，到了我家時，萬宇漢說他在樓下等我，並沒打算和我家人打招呼。我也無所謂，牽了黑點便離開，沒多跟父母解釋什麼。

黑點見到萬宇漢很開心，與我的心情成反比。

我並沒有要萬宇漢一定得和朋友介紹我的身分，只是他用了國中同學和工作關係這輕描淡寫的方式介紹我，讓我不是很愉快。

我想萬宇漢也知道我在意些什麼，但他既沒有解釋，也沒有悶不吭聲，就像剛才的事情沒發生過一樣，帶著黑點和我去吃飯、逛河堤，最後來到我的住處。

當他進來後，我覺得自己忍耐的委屈已經來到極限，忍不住拿出了衣櫃裡那曾經屬於他的運動外套和手帕，丟到他的身上。

「這是……」他很訝異我還留著那些東西。

「我一直保留著，也一直小心翼翼地收藏，對你的思念沒有減少過……我不是一定要你昭告天下有女朋友，可是剛才……那是怎麼樣？我是你的國中同學？你的客戶？還有呢？」

萬宇漢似乎不訝異我會問他這些事情。他鬆開了黑點的牽繩，而黑點來到我的腳邊發出嗚嗚聲。

「真卉。」他深吸一口氣。「我剛才非得那麼說不可。」

「為什麼？你對外宣稱單身？這樣對你的事業比較好？」

「我有件事情一直沒告訴妳。」

「什麼事情？其實你沒那麼喜歡我？還是發現回憶更美？」我的話並不好聽。

「都不是，我一直都很喜歡妳，以前是、現在是、以後也會是。」他急迫地說著。

那我就不懂了，為什麼？

我內心逐漸升起的這股不安是什麼？

「真卉，剛才那個是我家生意有往來的人，所以我一定得那麼回應，因為……」他再次深吸氣。「我已經……結婚了。」

我頓時五雷轟頂，事情的真相遠比我剛才在乎的還要令人難以接受。

「你結婚了？」我顫抖著。

「對。」

「什麼時候？」

「至少兩年了。」

「那你為什麼……要騙我你愛我？」

「我沒有騙妳，我是真的……」

「結婚了還能愛上別人？」我的淚水無法控制地滑落，但我的憤怒卻更加猛烈，拿起桌上的東西就往他身上丟去。

「真卉！不要這樣！」萬宇漢伸手擋下我丟去的衛生紙盒、遙控器、相框等等，黑點也因為我們兩個激動的情緒顯得不安，縮著尾巴在屋內來回。

「不然要怎樣？你現在要怎麼做？離婚？還是分手？」我大吼著，但是我的信任已經瓦解了。

「真卉，我說什麼妳一定都會很生氣，但我一定會慢慢解釋給妳聽的。我現在唯一能告訴妳的就是，我從來都沒有忘記過妳。」他這句話讓我停下了丟擲的手，淚水卻還是不停滑落。

他上前，抱住了我。那懷抱的溫暖，那體溫的氣味，和當年留在運動服上的早已不同了。

那是屬於現在的他，不是回憶中的他。

讓我忘不掉的是回憶，但讓我再次愛上的是現在的他。

我該怎麼辦？為什麼是我要遇到這種事情！

「我從再次遇見妳開始，就決定不會再次輕易離開，除非妳開口，否則我不會走，但我還是尊重妳的選擇。」

他伸手摸上我的臉。

「我還是想和妳在一起，妳呢？」

「我也一直都沒忘記你。」↓翻至第176頁

「我沒有辦法，你走吧。」↓翻至第212頁

11 天真

忍無可忍，無須再忍！

我用力甩開徐光威的手，並且將桌面上的菜盤一翻，往他的身上砸去。

砰、砰！

餐廳傳來響亮的聲響，所有人同時間看過來，徐光威沒料到我有這樣的反應，整個人愣住。

「聖澤醫院急診室醫生徐光威，你別欺人太甚！你以前背叛我就算了，現在還數落我？你當你自己什麼咖小？大家都要巴著你？醫生又長得帥的確吃香，但一個不尊重女性、自視甚高的男人，是每個人都唾棄的！」我大罵完又一巴掌甩過去。

手掌碰觸到他的臉的瞬間，產生了一絲劇痛。原來打人也會這麼痛。

徐光威完全沒想到我會有這樣的反應，整個人被我從椅子上打下去。

「盛真卉！妳是怎麼回事?!」他怒吼著看向我，對上我的眼睛時卻一愣。

我怕他發瘋還手，快速拿好袋子和包包，往自助餐廳外面跑，暗自發誓以後不要再來聖澤附近，連聖澤的工作也要全部交接給小藍。

「等、等一下，盛真卉，是我誤會……」

徐光威踉踉蹌蹌從後面追出來，但是我已經不想再理會他，再理他我就是白痴！

我加快腳步，來到馬路邊招了計程車，上了車以後看著發紅的掌心，不自覺地大笑起來，邊笑卻也邊哭了。

「小姐，妳還好嗎？」司機大哥語帶關心，而我用力搖頭。

看著窗外，覺得自己實在太過愚蠢，竟然在同一個人的身上栽過兩次。

不是都說人不會改變？而我天真地以為徐光威會不一樣，以為自己也不一樣了。到了最後，不過證實了我的戀情總是一場笑話。

「真卉，對不起，是我誤會妳了。」

「看見妳的眼神，我知道是我錯了，把妳當作那些拜金女。」

「我真的很抱歉，再給我一次機會，讓我好好跟妳道歉，好嗎？」

徐光威的簡訊瘋狂傳來，而我索性封鎖他，眼不見為淨。

人可以傻，也可以在同一個人身上笨兩次。

但如果還有第三次，那就是自己的智商問題了！

我發誓，這輩子再也不會跟徐光威有任何瓜葛。

永遠不要再對分手過的男人抱持其他想法。

吃回頭草，是最要不得的！

這件事情之後，我當然也告訴了劉婕方，她氣得想找徐光威算帳，但是又能拿什麼身分和徐光威吵，而我又有什麼身分和他吵呢？

只不過是一個從以前到現在都沒有改變的女人呀！

所以我能怪誰？就怪自己傻吧！

在我能真正地為自己著想前，戀愛這種東西，暫時都不能碰了。

好好過一個人的生活吧。

↓翻至第174頁

12 給自己

放下了所有的偏見與執念，過了一段時間以後，我終於能夠舒心去思考和分析所謂的「愛」。

其實戀愛，本來就是正反兩面，它能夠傷透妳的心，也能夠富裕妳的心。有時候我們會覺得好委屈，有時候我們會覺得自己為什麼會被這樣對待？有時候我們不甘心，有時候我們嫉妒，有時候我們吶喊著不公平。但世界上，又有什麼是絕對公平的？

暫時不談戀愛，不是對戀愛死心，也不是失去了愛人的能力。只是在每一次用盡力氣去愛一個人後，我們終於有辦法回頭看看那個，最需要愛的自己。

只有我們自己才會知道，要用什麼樣的方式愛著自己。就像是再肥沃的土壤也需要休耕一樣，在我們愛過之後，也該停下來喘口氣，好好地審視自己。

即便什麼事情都不做也沒關係。

即便不努力也不要緊。

就算當顆沙發馬鈴薯追劇或是不洗澡、吃一些垃圾食物也行。

那一句從小學到大的「休息，是為了走更長遠的路」，怎麼好像長大了的我們，卻忘記了該休息呢？反而覺得休息是一種罪過呢？

不要緊，妳已經做得很好了。

我已經做得很好了。

沒關係的，有我愛著我自己，不會沒人愛我的。

加油，或是不加油也行。

我們休息一下，再繼續努力吧！

獻給學習和自己戀愛的你

13 放不下

我想起了那個站在講台上的小男孩，白皙的肌膚與長長的睫毛彷彿帶著不安，每堂下課總是一個人坐在位子上，穿著那雙過於成熟的嶄新皮鞋。端正的坐姿，漂亮的臉蛋，在聽到我的話語時，露出了受傷的表情，卻又想揚起勉強的微笑，最後是亟欲轉身逃跑的背影。

以及那之後的大大轉變，他成為了學校的風雲人物，舉手投足間散發著絕對的魅力；濃眉大眼依舊俊美，卻帶著更多男孩子氣，站著的地方永遠是人群聚集地，在國中生的年紀，他耀眼得像是夜空中的星辰。

接著，那大雨間的回眸，輕聲於耳邊的疑問，以為已經遺忘卻依舊難以釋懷的雙眼，那第一次喊出的名字，卻也是再見的序曲。

運動外套上的味道早已消散，取而代之的是家中的柔軟精香味。當年他帶給我的遺憾隨著時間累積，成為了青春。

然而如今，當運動外套的主人再次站在我的面前，當那份遺憾化為了實體具象，才明白原來遺憾也能有彌補的一天。

只是當遺憾再次現身，往往會造就另一種遺憾。為了不要讓它再次成為遺憾，我緊抓著不放——只要那有一絲絲可能。

「我也一直……都沒有忘記過你。」

我眼中含淚，帶著沒有非要白頭到老的心說出這句話，只為了不想就這樣分別。

萬宇漢對於我的回答並沒多大意外，他伸手將我拉入懷中，親吻著我的髮與頰。那抱緊我的力道增強了不少，似乎還蘊含著微微顫抖。

「謝謝妳沒有離開。」他這句話說得很輕，幾乎是氣音。聽到他這樣說，我便不忍責備。

在送他離開後，我坐在餘溫殘留的沙發上，淚水滑落。

萬宇漢教會我的事情，是人生的遺憾。

於是長大了以後，為了不留遺憾，我學會了不去設想後果，任何事情都以當下的心情來決定。因為即便後悔，也好過留下遺憾。

所以說，我並不後悔剛才的行為，也不後悔答應了留下。再讓我選擇一次，我都還是會這麼做。

「黑點啊，人生總是世事難料，對吧？」我笑著看了看睡在腳邊的黑點。牠晃了晃尾巴，並未睜眼。

◆◆◆

帶著黑點來到柴棒寵物醫院與萬宇漢見面，接著一同去吃飯，最後回到我家，然後一段纏綿，好像已經成為一種常態。

「帶著黑點」甚至成為暗號，勉強算是一種「正當理由」。

但是前往的次數太多，一個禮拜甚至高達三次的時候，櫃檯小姐怡津也起疑了。

「請問黑點今天又怎麼了嗎？」她的語氣雖然委婉，但是眼神帶著懷疑，打量著我，又看了看尾巴搖得熱烈的黑點。

「不，今天純粹是找萬醫生陪黑點去散散步。」我微笑，裝得自然。「妳有聽萬醫生說過了嗎？」

「什麼事情呢？」

「關於黑點是他撿到並由我領養的事情。」

怡津露出恍然大悟的神情，立刻端起不好意思的微笑。「真的很抱歉，我只知道你們是以前的同學，不曉得原來萬醫生還是黑點的救命恩人。」

「沒關係，因為難得重逢，所以黑點也非常高興。」

「我懂我懂，動物真的很有感情，他們比人類還懂得感恩。」怡津是個熱愛動物的女孩，眼底露出的光輝展露無遺。但很快地，她吐了吐舌頭。「抱歉，我還胡思亂想了，真是對妳太失禮。」

她如此坦率。然而她的想像並沒有錯。

「不會啦，我的確做了會讓人誤會的事情。」原本就是怕偷偷摸摸的見面遭人詬病，才會光明正大來這裡，沒料到也一樣會引起遐想。

「不、不，因為很多飼主都會被萬醫生吸引，深陷下去才發現萬醫生早就結婚了，所以為了杜絕這樣的事情，我就會比較多事一點……」怡津看起來十分困擾。

「有妳這樣的員工，萬醫生的太太應該很開心吧。」我覺得嘴角笑得有些發酸，卻沒有心裡酸。

「說到這個，我並沒有見過萬太太。」怡津壓低聲音，八卦地東張西望，確認萬宇漢還沒出診間後，才繼續說：「妳對萬醫生應該沒有意思吧？沒有的話我才能說喔。」

既然都這麼說了，我當然會說沒有意思。

「妳說吧。」

「聽說，我真的只是聽說，他們夫妻感情並不好。」

這讓我挑起一邊眉毛。對我來說是個好消息，但同時也產生了好奇，內心深處更有種想探究原因的好奇。

「因為——」

「在聊什麼這麼神祕？」萬宇漢的聲音猛然出現在我們身邊，讓兩人嚇了好大一跳，怡津更是心虛得打翻了檯面上的名片，趕緊蹲到地上拚命撿。

「妳在做什麼呀？」萬宇漢皺了眉，我也彎腰幫忙撿，黑點在一旁旋轉搗亂。

「沒關係，我來撿就好。你們快去帶黑點散步吧。」怡津一邊說一邊對著我使眼色，要我別跟萬宇漢說剛才的八卦。我也眨眨眼睛。然後她接過我手中撿起的名片，催促著我們快離開。

「那就交給妳關店囉。」萬宇漢說著便脫下白色外套，和我一起離開了醫院。

然而才走出醫院沒多久，萬宇漢卻牽上了我的手。

我嚇得趕緊甩開，想回頭看看怡津有沒有瞧見，但他再次牽上來。

「你做什麼？」我驚慌地喊，再次甩開。

「為什麼要甩開？」萬宇漢疑惑。

我對他的提問感到不可置信。

「為什麼不？」

他卻沒回答，再次牽上我的手，力道重得我無法抽開。

直到我們走到了相對昏暗且無人的河堤邊，我緊張的心才鬆懈下來，正想斥責萬宇漢的行為時，他卻忽然開口問：「剛才妳們在聊些什麼？」

他還有心思問我這問題？

但我想起怡津的話，仔細想想，我對萬宇漢的事情完全不了解，僅憑著學生時代的記憶，就這樣和他展開了不倫戀情，這個決定是不是太過衝動了？

「我在想，以後可能不要再來醫院找你了。」

當我這麼說的時候，他握著我的手卻捏緊了下。

「為什麼？」他停下腳步，而我也被他拉得停下。

「因為剛才怡津似乎懷疑我為什麼這麼常過去。」我照實說。

「她這麼多事啊……」他的嘴角揚起一抹意義不明的微笑，讓我起了雞皮疙瘩。

「你不會要辭退她吧？」

「不會，但會要她別多管閒事。」萬宇漢冷聲。這模樣是我沒見過的。

「為什麼要這樣？」

「因為她多事。」

「不是，我是說，我已經跟她說沒那回事了，也解釋是因為黑點被你撿到的關係才常見面。」

「為什麼？」

萬宇漢的疑問讓我愣住。

「什麼為什麼……我們這樣子的交往，不是本來就該隱瞞嗎？」

「為什麼要隱瞞？」

我整個張大嘴巴，對於他的態度感到不可思議。

「你……你不是結婚了？我們這樣的關係，為什麼不隱瞞？」我握緊黑點的牽繩，跟不上此刻的狀況。

「沒有必要隱瞞。」萬宇漢皺眉。「她也有情人。」

這下子我真的傻了。所以這是怎樣的狀況？

夫妻各玩各的？彼此不干涉彼此的生活？這樣還是夫妻嗎？

不，難道我更想要的是萬宇漢瞞著他太太？

嚴格說起來，這整件事情本來就是錯的，可是與之相比，要是在雙方的默許下都能各自有情人，那我們真正能在一起的那天，不就永遠不會到來？

可是我一開始會和他走在一起，不就沒有奢求未來嗎？

在不知不覺間，我竟然也有了期待嗎？

期望和他擁有未來的我是傻了嗎？

我投入的感情有這麼多了嗎？

但若是沒這麼多，又何必讓自己陷入這樣的局面？

說實在的，連我都不知道自己在想什麼。

只是此刻當下，我是震驚的。比起他有婚姻的情況，我更在乎他到底對我的感情是怎麼樣。

「萬宇漢，所以我是個……備胎，不……我是個讓你報復老婆外遇的工具嗎？」

面對我的質問，萬宇漢瞪大了眼睛。「妳怎麼會這樣認為？」

「不然呢？你們各自過各自的生活卻不分開，所以我算什麼？」質問他這樣的問題顯得十分可笑，也顯得我可悲。

但所有外面的人都想扶正，不是嗎？

「我要怎麼跟妳解釋……」萬宇漢抓著頭，嘆了一口氣。「或許妳沒辦法相信，如果我遇到一樣的事情，我可能也沒辦法相信自己，但是我沒想過和妳分開。」

我看著黑點，淚水忍不住潰堤。「算了，萬宇漢，或許趁現在還沒有陷得更深以前，我們就到這邊吧……」

能放棄得這麼快，是因為太在乎，還是因為不夠在乎呢？

萬宇漢看著我，眼神沉了下來，笑容也逐漸消失。「我不要。」

「那你能保證什麼時候離婚嗎？」我瞪著他，問出這樣的疑問。

你能給我什麼保證？什麼承諾？要我這樣等待？

然而他的臉再次垮了下來。面對我的咄咄逼人，他似乎有些訝異，但下一秒，卻笑了出來。

他的笑容打斷了我的情緒，瞬間，這劍拔弩張的氣氛變得可笑，讓我氣得紅起臉，舉手就要打他。但是萬宇漢抓住我的手。

這樣的舉動讓一旁的黑點發出了警戒的聲音，我和萬宇漢低頭看了牠，不約而同笑了出來。

「看樣子即便是我救了牠，這些年牠還是只認妳這個主人呀。」萬宇漢鬆開我的手腕，緩緩彎腰蹲下，盯著黑點看並表達自己沒有攻擊性。

黑點試探性地將鼻子靠近萬宇漢的手掌，低嗚了一聲後稍微搖了搖尾巴，表達現在一切沒事了。

對於黑點剛才為我出聲，我也非常感動，蹲下抱緊牠，而黑點舔舐了我的眼淚。

「或許妳會覺得，我們重逢沒多久，我就這樣碰妳並以這樣的身分和妳在一起，妳無法相信。這些我都明白也能理解，或許我說再多都沒有用。」萬宇漢扯了扯嘴角。「我一直以來都沒想讓妳知道那些事情，只想用最單純的心情和妳在一起。但或許是我想得太天真了，要是能回到過去，我一定會毫不猶豫地在那個當下告訴妳我的心情。」

「萬宇漢，你在說什麼？我全部都聽不懂。」

萬宇漢語意不清的說法讓我產生疑問。

他抬起頭，在路燈的照射之下，皺緊的眉頭與揚起的苦笑更顯得令人心疼。「妳仔細看過……我的身體嗎？」

「無論我們纏綿幾次，你總是穿著上衣，劃出我們之間的距離，一道壁壘分明的線，要我不要超越。」我冷聲。「你的妻子一定看過全裸的你吧？」

如此尖銳的話語，說出來彷彿也割痛著自己的心。

一直以來我都覺得，裸體是一種最赤裸的坦誠相見，代表著我把自己最原始的一切都給你看過了，代表我已經對你敞開心胸了。

然而無論如何靠近，萬宇漢從來沒脫掉那件襯衫內的短袖襯衣。這讓我十分難受卻又不敢要求，甚至連我的手想要深入衣服內撫摸他時，萬宇漢都會很快地避開，或是壓住我的手。

他不讓我看見他的身體，就如同他不讓我走進他心裡最深處，那裡或許有其他人，或許就是他的妻子。

「我不是不讓妳看，只是我還沒準備好讓妳知道……」

然而他的話依然不清不楚。

可是，我不想猜了。

「又怎麼樣呢？你又有想讓我知道什麼嗎？」我說完，就要掉下淚水。

萬宇漢忽然拉住我的手，朝我家的方向走去，我驚慌得想拍開他，但是又怕過大的動作導致黑點攻擊他。

「萬宇漢，你不要這樣。」我喊著，一旁的黑點吠叫起來。
「就當作是再讓我騙一次，給我最後一個挽留妳的機會！」他回吼。
「那我們好好走，好嗎？」我投降了。無論怎麼樣，好聚好散都是我的最高宗旨。
「我讓你說，而若我還要走，也就讓我走，好嗎？」
「嗯。」
於是他鬆開了我的手腕，改牽上我的手掌。體溫如此炙熱地直達我心，讓我幾乎就要收回那句分手。
我想抽起自己的手，他卻握得更緊，如同我的心一樣，被他牢牢牽制。
於是我們走在這些日子走過好幾次的河堤邊，往我的租屋而去。
進到屋內，我先是解開了黑點的牽繩，黑點立刻跑去喝水。萬宇漢則走到了小沙發處，開始脫掉自己的衣服。
「萬宇漢，你來不是要做這種事——」我厲聲，但隨即止住了嘴，因為我看見了他赤裸的上半身布滿了大小不一的疤痕。
「這是……怎麼回事……？」我一說出口便哽咽了。那些傷我看過……只是不是在萬宇漢的身上。

在我進入展望會以前，曾經就職於社福單位，在那裡見過無數個令人不捨的個案，讓我對於「天下無不是的父母」這句話非常不以為然。

那些嬌小瘦弱的身軀上有著許多大小不一的傷痕，有些甚至是長期累積、無法痊癒的疤痕。

而萬宇漢的身上，就有著這樣的傷。

像是菸蒂的燒傷、鞭打的疤痕、不平整的皮膚，顏色也深淺不一，但看起來都像是陳年的舊傷口。

萬宇漢穿回短袖襯衣，帶著一抹苦笑坐在沙發上。他開口想對我說些什麼，卻忽然一陣乾嘔。我趕緊蹲到他身邊，拍著他的肩膀要緩和他的情緒，卻看見他眼中的深沉。

那不是恐懼，更多的是一種悲悽，伴隨著眼眶的淚水。

「真卉，妳願意聽我說嗎？」

他的嗓音沙啞。我不知道他要說些什麼，但是光看著他這樣子就足夠教我心軟，要是聽了他所說的事情，那我說不定就會同意繼續這一段關係。

然而他能給我什麼承諾呢？之後又會有什麼改變呢？

我不知道。

我唯一確定的是，那絕對是長期虐待才造成的傷痕。要是知曉他的過去，那我或許就沒辦法狠下心離開他。

我有可能一直是所謂的地下情人。

如果這樣的話，我還需要知道那些會讓我心軟的過去嗎？

「萬宇漢，告訴我吧。」

↓翻至第230頁

「我沒有辦法，你走吧。」

↓翻至第212頁

14 教訓

我握緊手中重得要命的提袋，咬著牙轉身，不讓徐光威和那個女人注意到我的身影，朝急診室的櫃檯走去。

「我是飲料店的外送員，這個是要慰勞急診室辛苦的醫護人員。」我撐起微笑，說出這破綻百出的謊言。

「啊……這個……」櫃檯護理師起身，有些不知所措。

「我之前受傷，想謝謝徐醫生的幫忙，這飲料是一點答謝。」所以我改口。

聽到我這麼說，護理師露出寬心的笑容。雖然戴著口罩，但是從她的眼神，我看得出來。

「原來是這樣，那請問妳的名字——」

「不用了，謝謝妳。」我放好珍奶便轉身離開。

這樣就好，趕緊離開這裡吧。

要是再回到高中時期，我大概會再次衝上去。即便現在關係不明，我也會衝上去讓對方看見我的存在。

但如今，要說我變膽小了，還是變理性了？

這裡是工作場合，而我和徐光威什麼關係也不是，那樣的舉動只會造成每個人的困擾，並成為醫院的笑話，何必呢？

所以我認為，這樣子，才是最好的選擇。

◆ ◆ ◆

那天晚上，我以為徐光威不會過來了。

但是我的門鈴依然響起，這讓我有些猶豫。打開了門，見到他帶著一如往常的微笑，又晃著手中的消夜。

說實話，我鬆了一口氣。
他來了，我竟覺得放心了。
怎麼我又再一次成為等待他的女人了？
「我會變胖。」但想歸想，我說完後還是退了一步，讓他進到我家。
「反正我一直都覺得妳太瘦。」他將消夜交給我，如同往常在玄關就開始脫襯衫。
「你要付我水費。」我看著他將襯衫放到玄關旁的鞋櫃上，裡頭穿著一件短袖的排汗衣。
「可以。」他理所當然地回答。
他對任何事情，總是這麼理所當然。
然後他脫下褲子，如同之前一樣，不害臊地只穿著四角褲便進到了浴室。在關起門前，他側過頭看著我問：「對了，妳今天有到醫院嗎？」
我愣了下，然後搖頭。
「是喔。」他說完後便進了浴室，關上門。
他怎麼會這樣問我？難道他發現珍珠奶茶是我送去的嗎？

不可能呀，櫃檯的護理師不可能知道我是誰。

我一邊帶著疑惑，一邊將消夜放到了小桌子上，盯著這兩碗粥。仔細想起以前交往的時光，他似乎不曾這樣對待過我，他想吃什麼，都只會買他自己的，直到吃完才會想到沒問我要不要吃。

如此自我的性格到現在也還是沒變，只是說，變成了不會問我要什麼，而是直接把他的選擇塞給我。

但無論是哪種，對我來說，都有點困擾。

我就這樣盯著他的消夜，直到他洗好澡出來後，什麼話也沒說地拿起吹風機吹頭髮，而我也才將粥拿出來打開。

「以後妳可以先吃。」他一邊使用吹風機，一邊大聲地說。

以後？

他說以後？

為什麼我對他所說的每句話，都會這麼敏感？

都想去猜想那背後的意思。

「我其實不餓。」

一直以來都不餓，畢竟我正常上下班，會在正常的時間吃飯。而你下班時間不固定，每次來到我這裡，其實都是我的睡覺時間了。我的生活嚴重被你干擾，而我們卻什麼關係也不是，這不是很奇怪嗎？

「妳不餓的話，第一次就該跟我講。」

他關掉吹風機，不知道為什麼看起來有點生氣。

「你在不高興嗎？」我反問。而他不作聲，只是盯著我。「你生氣什麼？應該是我要生氣吧？」

「妳想說什麼，為什麼不直接告訴我？」他把吹風機放到一旁。「想問什麼，也可以直接問我。」

我撇開頭。「我沒有什麼想問或是想說的。」

為什麼我們要吵架？

「那為什麼妳今天明明有去醫院，卻不告訴我？」

我一愣。「你知道？」

「為什麼送了珍奶過來，卻不叫我？」

「為什麼你會知道？」

「要不是公關大姐跟我講，妳都不打算告訴我？我剛剛甚至還問妳了，妳卻不承認，這是怎樣？」他很氣。

「沒什麼，我只是不想打擾你的交友狀況而已。」

這句話大概連我自己都沒發現有多酸。

「妳果然看到張小姐了。」他嘆氣。

「那不干我的事情，是你的個人生活。」我握緊拳頭。「只是如果你有預定交往的對象，那就請你不要一直這樣來我家。或許你覺得我是一個好利用的人，或是曾經交往的對象，才能這樣沒有芥蒂，但我不喜歡這樣，我也討厭這樣子！」

徐光威愕然。「我哪裡覺得妳是好利用的人？」

「沒有嗎？我們是什麼關係，就因為是以前交往的對象，所以才能這樣肆無忌憚地過來？我們是好朋友嗎？不是吧！我們是該避嫌的關係不是嗎？」我氣得反撲。

然而對於我的抱怨，徐光威只是緊皺眉頭。然後，他忽然坐上我旁邊的沙發，開始吃起自己的粥。

「徐光威！現在是吃飯的時候嗎?!」我大叫。

「不然粥涼掉了怎麼辦？我很餓。」他還有空這樣回我。「妳如果不想吃，那就不要吃。」

「我就說我不餓！尤其我最討厭吃皮蛋瘦肉粥，你每次都只選你自己喜歡吃的塞給我，從沒問過我的意見！」我用力拍著桌子，對無辜的粥發飆。

聽完，他打開了買給我的那碗粥。

一見到粥裡頭的配料，我愣了下。

「妳的是海鮮粥！」他提高音量。「我有觀察，妳只有海鮮會吃得特別快！」

這無聊的小事，卻堵得我啞口無言。

「快吃。」他將湯匙塞到我的手中。「不想吃就拿去丟掉，我沒辦法吃海鮮，我會過敏。」

「你對海鮮過敏？」我一愣。我怎麼不知道？

「因為我沒說過，就像妳從以前到現在也是什麼都不說。我是妳肚裡的蛔蟲，還是妳的腦？我怎麼可能知道妳喜歡什麼、討厭什麼、在想什麼？」

「你可以……觀察……」我的音量變小。

「所以我現在觀察了，妳愛吃海鮮。但妳有觀察到我嗎？我們在一起吃飯這麼多次，妳看過我點海鮮嗎？就連泰式餐廳那次，我也沒點招牌的涼拌海鮮！」

「我……」

「妳從以前就是這樣，對，妳很喜歡我，我知道，所以妳把妳的喜歡無限上綱，彷彿只有妳受到傷害、只有妳的感覺是感覺，妳所有委屈都是配合我，我是最冷酷無情的大壞蛋一樣！」

徐光威主動提起過往，而且氣得要命。

「我、我、我是那時候喜歡你……」我趕緊澄清。

「所以妳的嫉妒、猜忌，我不是都承受了？我內心對於沒能真正回報妳的感情一直很愧疚，所以我盡可能地對妳好、對妳誠實。但結果最後，我們兩個的努力只是把彼此推得更遠——」

「你不要用這種理由合理化自己的劈腿！」

既然現在要來吵以前，那就來吵！

「我不是合理化！況且我當時也不算劈腿。」

「你怎麼敢這麼說？」

「我在喜歡上景容以前，就說過好幾次要分手。我們每次都溝通無效，妳從不告訴我妳在意什麼、妳不接受什麼！我們都不各退一步，當時的我們根本不適合，所以我說過要分手。但每次這樣妳就會馬上道歉，又讓我們的交往繼續下去，然而問題並沒有解決！之後即便我喜歡景容，我也沒有跟她有過任何單獨約會或是肢體行為。我承認當時我和她有些曖昧，我也沒告訴她我有女朋友，這邊算是我不對，但是那還不算劈腿！」

哇咧，理直氣壯到不可思議！

「那就是劈腿！變心了就是劈腿！」我氣得拿起一旁的抱枕丟他。

「變心叫劈腿，那我更沒有劈腿，因為我當時沒喜歡上妳，就根本沒有變心的問題！」他徒手接住抱枕。

這句話太過分。即便是事實。

我內心也知道那是事實。我曾以為就算聽到這樣的話，現在的我也不會有任何情緒，因為那都是好久以前的過去了。

可是我愣住了。

在我內心深處，青春時期受的傷也許不曾遠去過，只是放在很深很深的地方，靜靜地在那裡，不被發現。

所以，我掉下了眼淚。

徐光威愣了下。我趕緊用手擦去眼淚，並轉了過去，不讓他看見我哭泣的臉。「你回去，徐光威！不要再來了！」

他的聲音越來越弱。「我不是來找妳吵架……」

「但你就是跟我吵架了！」

笑死人了，我們居然還吵架，我們是能吵架的關係嗎？

「盛真卉……」

他低聲說，忽然從背後環抱住我。

「你、你做什麼！」我驚叫，就算是以前，他也不會這樣從後面抱住我。

「我只是很生氣，妳為什麼來醫院了卻不叫我……為什麼妳看見了張小姐，卻沒有跟以前一樣跑出來捍衛主權，妳以前明明不是這樣的個性……」

不要在我耳邊這樣低語，好可怕，好像魔鬼的呢喃。

「什麼捍衛主權，我現在……憑什麼……」

「憑妳是盛真卉。」

他的話讓我一愣，忍不住抬眸回頭看他，對上他過於接近的雙眼。

太近了，我們的臉靠得太近，我們的肢體也靠得太近，他洗完澡的香氣、他的氣息、他的鼻息，通通吐在我的肌膚上，清晰地接收到他所有的訊息。

這，太危險了。

「徐光威……」我其實是要叫他放開我，並且遠離我。

「我們明明可以好好在一起，只要我們有嘗試告訴對方真實的心情……」

可是他的低喃，那眼神中的痛苦與歉意，卻是我無法忽略的。

他從沒用過這樣的眼神看我，那是我曾經夢寐以求、追尋的凝視，怎麼會在多年後的此刻，感受到他眼底的眷戀？

所以我停滯了。

那瞬間，徐光威也看見了我的猶豫。他試探性地靠向我一點，這一次，我閉上了眼睛，就像多年前的我也曾閉上眼睛，接受徐光威的一切。

隨著他的吻，隨著我的回應，徐光威的手也伸向我的腿。一開始我有些抗拒，而只要我些微抗拒，他便會稍微離開我的肌膚，再吻一陣子才繼續觸碰我。

以前，他似乎只把我的些微抗拒當作少女矜持，如今卻在意起我的感受。他是從哪個女人身上學會了尊重呢？

他的手掌比起高中時期也粗糙不少，可是撫摸的方式卻比高中時那細緻的手掌還要溫柔許多。

大手枕上我的後腦，在與我雙眼相視的時候，我看見了他眼底的情欲與意亂情迷。或許我也是一樣的表情，那喘息的聲音不知來自誰的嘴中，我朝他伸手，而他攬起了我往床邊走去。

「我沒有帶……那個……」他壓在我身上低語。

我一開始聽不懂，但隨著他猶豫的神色還有嘴形，我忽然明白。

「我這邊有……」我拉開一旁的抽屜，抽出一個保險套給他。

忽然發現自己這樣的舉動是不是表明了自己的意願，正當有些懊悔時，卻注意到徐光威更驚訝。

「怎、怎麼了？」我問。

「沒、沒什麼。」他接過保險套，似乎些微抓緊了後，忽然俯身強硬地親吻著我，比起剛才更加狂熱與激烈。

這一次，他伸手脫掉了我睡衣下的底褲，再一次與我貼合的時候，在我耳邊輕喊的是：「真卉……」

就這樣輕輕的一句，呼喚我的名字，竟讓我熱淚盈眶。

我用力、緊緊抱著他光滑的背，讓他更深入我，輕喊著：「徐光威……」彷彿這麼多年後，我們終於從肉體的結合，昇華到了心靈。

◆　◆　◆

「反正是以前就上床過的對象，再上幾次也沒關係吧？」是的，成為了兩個孩子的媽的劉婕方，對於世間萬事都看得很開。

「劉婕方……我是不是應該請妳老公注意妳以前的男友呢？」

「先別管這個，妳和徐光威進展到這樣，妳居然一直沒跟我說！」劉婕方閃避話題，但我知道她對她的老公專情得要死。

「因為……這很奇怪，對象是徐光威，我在同一個人的手裡栽了兩次，我是不是很笨？不懂得記取教訓？」

在我們上過床的那天晚上，徐光威並沒有留下來過夜。他看起來有點彆扭，穿好了衣服就要離開，反常得連原本穿的那件衣服都沒帶走。

然後，就此失去了聯絡。

「我只問一個問題，妳還喜歡他嗎？」

劉婕方的話讓我思考很久，說真的，我不知道。

「他明明是徐光威，卻又不是以前的徐光威了。」

我以為昨晚彼此的行為，是再一次交往的前兆，但徐光威事後的表現讓我不禁想著，難道一切只是玩玩？

如果是這樣，那依照他的個性，應該會明講什麼「大家都成年了，只是一夜情玩玩罷了，別放在心上」之類的話。

但是他沒有，可是也沒和我聯絡，所以我好混亂。

他是徐光威，卻又不是徐光威了。

或許如同他抱怨的一樣，我真的從來沒用心理解過他。

「如果他完全是高中時期的個性，妳還會喜歡他嗎？」

「不會。」我回答得很快。

「那此刻他已經和高中時期不一樣了，妳，喜歡他嗎？」

「我不知道。或許正因為他是徐光威，我們共同擁有那段時間的回憶，所以我才能……接受他比一般男人更靠近我。」

「真卉啊，我們都老大不小了，沒有時間在這邊猜測了。」劉婕方笑了聲。「妳搞不清楚自己的想法，就主動去找他啊！反正真的不行，那再掰掰不就好了？妳的世界又不是只有徐光威，還有工作、還有我、還有那些需要妳的同事和廠商，跟那些妳幫助的弱勢團體等等。」

「是這樣沒錯……」

「難道活到現在，妳還會害怕被拒絕？被一個男人拒絕，有被好幾百萬訂單的廠商拒絕還要恐怖嗎？」

「哈，妳這比喻真好。」我笑出了聲，出社會後的鼓勵還真是現實。

「所以啊，無論徐光威是打算一夜情完就跑，還是說他只是單純地忙到沒時間見妳，妳都不該自己在那邊猜，而是去找他，知道嗎？」劉婕方說完這麼勵志的話，後頭的孩子又哭了起來，她罵了句髒話。「我多希望現在自己的煩惱是男人愛不愛我，而不是兩個小鬼現在又在哭夭什麼！」

這句話讓我大笑起來。每個人的煩惱都不一樣，卻也都是最頭痛的事情。

於是我整理好心情，決定直接到醫院去找徐光威。

我沒記錯的話，這個禮拜的徐光威值夜班，所以現在一定在急診室待命。我穿著輕便，告訴自己只是來問個答案，只要徐光威露出一點猶豫，我便離開，永遠離開。

但是當我抵達急診室後，在裡頭繞了一圈，卻沒見到徐光威的身影。護理師發現我閒晃著，便過來詢問我要找誰。

「不好意思，請問徐醫生今天不是值晚班嗎？」

「他臨時換班了，妳要找他嗎？」護理師回應。

「啊……沒關係，謝謝。」說完我便離開了。

怎麼在自己提起勇氣的時候卻沒能順利地見到他，難道他在躲我？不可能啊，他不會知道我來找他。

還是打個電話給他？

但這麼晚了，打電話給他不是會打擾到他嗎？

不，我還怕打擾他做什麼？

我不解決的話，這些日子的心神不寧還要打擾自己多久？

所以一離開急診室，我立刻打了電話。但他沒接電話。我正準備掛掉的時候，卻聽見了一陣電話的鈴聲。

「你不接電話嗎？」女人的聲音從前方傳來。

「不……」

我愣住。是徐光威的聲音。

我立刻放輕腳步，壓低了身子，盡可能讓自己的身影被轉角的建築物遮掩，甚至躲在樹叢裡頭，想讓夜色和草叢擋住我，並偷偷探出頭，循聲瞧見徐光威和那位張小姐，正坐在長椅上。

「徐醫生，我想你也知道，我一直很喜歡你。」即便在這樣的夜晚，張小姐的雙眼也是毫無保留地透露著強烈的愛意，彷彿就像高中時期的我一樣。

「我知道張小姐的心意。」徐光威回說。

「你也知道，要是和我在一起，你那光明的前途我必能助一臂之力。但我也不希望你是因為這個原因而和我在一起。」

張小姐如此說，而我又該死地看不見徐光威的表情。

然而下一秒，張小姐卻攬住了徐光威的手臂，將頭靠上他的肩膀。

我氣得七竅生煙。徐光威！你好歹也先解決我這邊的事情，再去開拓你其他戀情！

我正打算要衝出去，卻赫然止住腳步。

我出去了，以後呢？

要是徐光威選擇她，我要給自己難堪嗎？
我不過是一個以前上過床，最近又不小心上了一次床的女人。好得到的女人，總是比較容易被拋棄，不是嗎？
所以，我猶豫了。

管他的，先衝出去捍衛主權再說。↓翻至第222頁

暗自離去，留點最後的自尊給自己吧。↓翻至第252頁

15 選擇

我確實很喜歡萬宇漢，直到這一刻也不後悔和他發展成這樣的關係。要是我答應了，最後可能再也走不開，因此我只能在此刻打住，以防日後傷心。雖然我不知道堅持下去會得到什麼，但也可能什麼都沒有。

我握緊拳頭後又鬆開，掉下眼淚又擦去，最後抬頭看著他。「對不起，萬宇漢，我沒有辦法。」

對於我的回覆，萬宇漢露出萬念俱灰的表情。

他抓住我的肩膀。「不要離開我……」

他沙啞的嗓音多教人心疼，此刻的我幾乎要放不了手了，要是和他在一起更久，陷入泥沼後，怕是更難離開。

「對不起，萬宇漢，我真的……沒有辦法。」我忍痛推開了他。「你走吧。」

萬宇漢低下頭，捂住自己的臉，顫抖著肩膀。

我很想大聲斥責他，你憑什麼哭泣？被傷害的是我耶！

但是我說不出口。在此刻，我相信他真的愛我，但是光有愛是不夠的啊！

黑點舔著他的手，我則淚流滿面地看著他，沒有任何舉動。那些都太多了。

「這麼久以後，我才終於又遇見妳……」

「我也終於能遇見你，但是那又怎樣？」我掉下眼淚。「你結婚了，難道你能跟我保證會離婚嗎？」

我得承認，在說出口的瞬間，我其實帶著期待，期待他能選擇我。

可是從他那驚駭地抬起頭的眼神，我明白了他的選擇。無論他和他老婆發生過怎樣的事情，無論他們是怎麼走到一起，又無論他們現在是否貌合神離，「離婚」，從來都不是萬宇漢的選項之一。

「如果迎來的最後只有無盡痛苦，那我們何必在一起呢？萬宇漢。」我反問著他。不能給我承諾，不能給我未來，那憑什麼用「愛」這個字綁架我？

「我能給妳的保證，就只有我愛妳……」

這句話多麼偉大，又多麼卑劣。

我將代表著萬宇漢曾經單純又自由的年紀，代表著我們青春回憶的運動服和手帕放到袋子之中，丟到他的懷裡。

「你走吧，萬宇漢。」

「妳連我的回憶都不願意留下了嗎？」他的雙眼通紅。

「不了，你已經不是我想珍藏的回憶了。」我說。

他一臉受傷，伸手帶走了他的東西。

以前，他留給我的是遺憾，如今他留給我的……是一份回憶，或許就該只是回憶，才會美滿。

「嗚……嗚嗚……」我大哭起來，抱著黑點。

我欺騙自己，好像那樣子就能把他從我的生命中抽離，然而我知道，他不可能帶走黑點，黑點卻是我的最愛。

他把愛，留給了我。

◆ ◆ ◆

幾天後，我冷靜了一些，終於有辦法回覆劉婕方的電話，告訴她這晴天霹靂的事。

「萬宇漢結婚了?!等一下，發生這麼多事情，妳怎麼沒告訴我？」她大吼大叫著，然後說馬上來找我。過了一個小時，還真的出現在我的住處外。

我一開門，還想著要怎麼跟她說明一切，她卻直接抱住我，哭得比我還傷心。「妳的戀愛怎麼老是這麼不順利啊！妳明明是這麼好的女人！」

當妳失戀的時候，有個朋友哭得比妳還傷心，我想那就是最幸福的事情了。

「但我這樣的決定，是對的吧？」

「如果是我一定會拚命把他搶過來，搶來了不要再說，好歹也要搶來！」劉婕方狗嘴吐不出象牙。「但只要是妳決定的事情，無論哪種，我都支持。」

「謝謝妳，我最好的朋友。」我緊緊抱著她。「妳小孩呢？」

「請婆婆幫我顧一下，有什麼事情比妳重要呢？」她這句話真是太矯情了，但是我好喜歡，於是忍不住親了她的臉頰。

「喔，妳不要誘惑我喔，寂寞的人妻很容易男女都可以的喔。」劉婕方又在說一些五四三了，但真是多虧她這樣的個性，讓我此刻內心好過不少。

於是那天晚上，是我們兩個繼大學生活以後久違的女生之夜。我們拋掉了新陳代謝、健康、膠原蛋白等現實問題，買了鹹酥雞、啤酒，吃到吐、再大哭、再大笑。

有時候不用那麼努力，有時候可以過得頹廢一些，有時候我們必須要好好休息，才有辦法再站起來，走出屬於自己的路。

「話說回來，我記得妳之前不是也遇到徐光威了嗎？」酒酣耳熱之際，劉婕方忽然提起了他。

「對啊……我都忘記了……」我一邊說，一邊迷迷糊糊地翻找著徐光威的名片，終於在客廳的桌子抽屜深處，找到了那張手寫紙片。

「唉唷，徐光威的字變漂亮了啊。」劉婕方呵呵笑著。「快打給他啊！」

「不要啦，我當時和他分得不是很愉快，為什麼還要打給他？」

「萬宇漢那樣的好男人都會變渣男了，徐光威以前渣渣，現在說不定變好男人啦！人還真的會改變呢！」

劉婕方知不知道自己在說些什麼啊？

「萬宇漢不是渣男……」

即便就廣義來說，他有了家室卻又與我同行，的確是渣男的行為。

但若感受過他的懷抱，凝視過他雙眼深處的愛意，能領略到的只有心痛。

但，這大概也是我的自欺欺人。

只是我不想變成感情不順利就去詛咒他人的女人，也不想要因為無法在一起便否定了我們曾經的情感。萬宇漢帶給我的不是只有傷害，也給了我很多回憶和熱情，那是無法抹滅的事實。

「好啦，他都傷害了妳，妳還幫他說話啊？」劉婕方捏了我的臉。「這時候就不用裝好人，好好地詛咒他、罵他、把錯都推給他就對了！」

「但是他不是——」

「停！」她伸手打住話。「妳那些聖母情緒等妳到真的完全好了以後，再來反省這段感情就好，現在這種情傷的時候，請把自己看得最重要！」

如此不理性，卻又如此中肯的劉婕方。

而我看著徐光威的那張名片，最後，還是把它塞回抽屜裡面。

◆ ◆ ◆

往後的日子，我全心放到工作上，也因此談到了好幾筆不錯的客戶。

其實失戀後的日子，並沒有想像中的難熬。我還是需要吃喝拉撒，也還是能被電視的劇情感動落淚或是氣憤難耐，同時也會因為新聞而杞人憂天或是感恩惜福。

以往有著萬宇漢的時候，無論我在做什麼事情，都會一直想到他，無法專心，也無法真正地為自己著想。

大家都說要愛自己，這道理我也知道，但是怎樣的行為是愛自己呢？

唯有萬宇漢離開了我的生活後，我才能理解什麼是愛自己。

當我一早起來時，無須立即查看手機有沒有等待的人的回覆。我能先呆坐在床上一陣子，從窗簾縫隙透進來的陽光判斷現在大概是幾點，然後伸個懶腰起床，拉開窗簾看一下天氣，再一面刷牙一面打開電視看新聞。

接著我能隨意地綁個馬尾，穿著輕便衣服和拖鞋到樓下買早餐，一邊看著社群軟體的有趣訊息，想發表什麼心情就隨意寫上，無須在意這樣的言論會不會使得某個我在意的人丟臉或是不愉快。

再來我能一整天都不用化妝，看是要打掃、工作、看書還是去外面喝杯咖啡、自己一個人看電影，甚至一整天什麼事情都不做也行。

我能無聊到發慌，然後想起有一部想看卻始終沒看的老電影。我能因為某個午後空了下來，經過健身房時想起自己該運動了，就此踏上了飛輪課程之路。我能走在街頭上見到一枚戒指，為了該犒賞自己如此努力生活著而買下。

我能為所欲為地在每個時刻，第一個想到的，都是自己。

當我體悟到這一點的時候，我露出了微笑。

就連人行道上的落葉都能引起我的注意，我彷彿回到了孩提時代，許多小事就能讓自己開心，受了委屈就生氣或是哭泣，再也不需要在乎他人。

我終於，學會了怎麼樣愛自己。彷彿從失戀的自我沉澱中，學會了和自己相處，並且更能和自己相處。

當然想起萬宇漢，我還是有點心痛，可是隨著時間，我想這份感傷或許會越來越淺，就像當時徐光威帶給我的傷痛一樣。

大概吧。

我還是換了手機號碼和通訊軟體，以防哪個夜深人靜時，我不小心打了電話給他。

站在陽台看著台北夜景，我打開啤酒，思考了一下，來到桌邊，打開抽屜拿出那張屬於徐光威的名片。

我要和他聯絡嗎？

這個曾經也傷害過我的男孩。

還是說，暫時一個人好好地過日子呢？

好好過一個人的生活吧。↓翻至第174頁

拿起徐光威的名片。↓翻至第64頁

16 真心話

等一下，我為什麼要考慮這麼多？

我今天過來，不就是要解決事情的嗎？

就算在徐光威的面前失去了自尊又怎樣？

我在自己的人生中拾起了面對自己真心的忠誠，那比什麼都更重要。

所以我再次踏步出去，筆直地朝徐光威他們的方向去，還特意踩重腳步，提醒他們有人靠近。

徐光威轉過頭，一看到我，立刻急忙把張小姐推開，手足無措地站起來。「真、真卉，妳怎麼過來了？」

我揚起微笑，一旁的張小姐也跟著起身。她看起來很錯愕，但也很快恢復笑容。

「徐醫生，這位是——」

以防徐光威又說出什麼傷我心的話，我直接開口。「我叫盛真卉，是他的高中同學，也是他高中時期的女友，現在……」然後，我頓了一下。「現在是他的好朋友。」

「呃，不是。」徐光威反駁了，但不知道是反駁我的哪一句。

張小姐維持著微笑。「徐醫生，您是有對象的人嗎？」

徐光威看看我，又看看張小姐。他這窩囊的模樣是怎麼回事？

「正巧，我也是來問這問題。」我瞪向他。「徐醫生，你是有對象的人嗎？」

「妳怎麼能問我這樣的問題？」沒想到他反倒怪起我來。「我才要問妳咧，妳是有對象的人嗎？」

這下換我糊塗了。徐光威怎麼會反問我？

我要是有對象，他能這樣想來就來地出現在我家嗎？

「我明白兩位的關係了。徐醫生，我並不是死纏爛打的女人，要是您早說您心有所屬，我便不會如此糾纏。」張小姐朝我們頷首後，優雅地轉身離去。

現在是怎麼回事？

徐光威站在原地，並沒有看著離去的張小姐，而是瞥了我一眼後，又匆匆低頭看了看自己的鞋子。

「你以為我有男朋友？」我反問。「這就是你沒有主動和我聯絡的原因？」

他沒回話，我大翻白眼。「你怎麼會覺得我有男朋友？你來過我家這麼多次，想來就來，想走就走，我要怎麼有其他男朋友？」

「但我的排班很固定，妳也都知道我的班表，妳可以錯開啊！」

我的天，聽聽看他講這什麼話！

「我哪裡讓你覺得有男朋友了？」

「妳……」他看著我，卻說不下去。

「你說啊！」

「妳、那天在妳家……妳、妳居然有、有保險……套……」

見他吞吞吐吐的模樣，我大笑出聲。

徐光威惱了。「笑什麼？」

「那是以前男友留下的。」我照實說，但這話語似乎傷了他。「你在這些年不也碰過不少女人？我看你的技巧變得很純熟啊！」
「什麼話，妳的反應和高中也不一樣。妳以前明明很安靜，就乖乖地躺著，現在卻會變換一大堆有的沒有的姿勢，而且反應還很……」他說完還咳了聲，紅了臉。
我頓時失笑。我們都見過對方青澀的模樣，再次重逢後，又成為了對方不了解的陌生模樣，於是慌張了。
「徐光威，我們離高中時期都很遠了，我們都長大了。」我輕輕說著。「所以你是因為這個原因，才不和我聯絡嗎？」
「……我知道我們離高中時代很遠，我也知道在這些年間，妳一定也有過其他對象，只是……」他握緊了拳頭，咬牙說：「我只是想到，妳也和其他我不知道的男人做過一樣的事情，妳在這段我不知道的時光，成為了不一樣的妳，而我卻錯過了那段時間的妳……」
我皺了皺眉頭，往徐光威的方向走近。
「我只是忽然覺得，為什麼不是我們一起經歷那些，而是需要經過別人，我們才能更加契合？」

「你的這段話，我能夠解釋為，你在吃我過去男友的醋嗎？」

頓時，他紅了臉。我幾乎沒見過徐光威這樣的神情。

「我不知道，我覺得生氣又難過。一開始和妳重逢，我確實沒有其他感覺，可是和妳相處的這些日子以來，我看見不一樣的妳，忽然覺得以前沒發現妳真實面貌的自己很愚蠢。」

「沒辦法啊，因為以前我太喜歡你，才會喜歡得失去了自我。」我努嘴。

「那現在能表達自我的妳，是不喜歡我的意思？」

「不是那樣，只是我也從許多的戀愛經驗裡頭成長了……」這句話說完，我才發現自己被徐光威套了話。「欸，你很賊！」

他笑了起來，忽然衝過來抱住我。「我確實……吃了那些醋。」

我拍拍他的頭。「嗯，我以前也常常吃醋。」

「難道剛剛張小姐的醋妳沒吃？」

「吃了，所以才會衝出來。」

他很滿意我的答案，笑得燦爛。「妳怎麼會過來這裡？」

「我來找你，結果護理師說你今天沒班，但我卻看見你和她在這裡。」

「呃……其實我剛剛也去找過妳。」徐光威依舊抱緊我。「結果妳不在家，我又不敢打電話，想說妳會不會去見其他男人，所以不如回來上班……就剛好遇到她。」

原來是這樣啊……我們差一點點，又錯過了。

我輕輕推開他，然後雙手壓在他的臉頰上。「所以我們現在是怎樣？」

「我喜歡妳，對不起，我現在才發現自己喜歡妳，對不起，高中時傷害了妳。」

他說得真誠，我不禁淚水盈眶。

徐光威居然放下身段地道歉了。

「這句道歉來得太晚了。」我緊緊抱著他。

「這樣我們是……重新交往了嗎？」他小心地問。

我們曾經交往過，而我從來沒想過自己會有一天，再次喜歡上同一個人。

不都說曾經分手的人，會再次因為一樣的理由分手嗎？

當時分手的理由，是因為徐光威明白了沒有愛的交往是不行的，可當時的我固執地認為，我們應該在一起試試看。

我們兩個的心意，從來沒有像此刻一樣如此契合，我對此感到心滿意足，同時也感到害怕。

我該不該問出那段內心深處的不安？

景容。

我想知道，當時為什麼他會喜歡上景容？為什麼我全心全意的愛情變成了負擔？

可是我害怕，會不會自己一個不小心又做錯了選擇，推離了他？

景容是現在的我們可以談起的過去了嗎？

我抬頭看著他，開口——

問徐光威過去和景容的事情。↓翻至第266頁

「我們當然重新交往。」↓翻至第276頁

17 犧牲

我雙手放到萬宇漢的膝蓋上，誠摯地看著他的眼睛。無論我會變成什麼樣子，此刻的我都無法放下幾乎顫抖的他正要說出的話。

「萬宇漢，告訴我吧，你身上的傷，還有一切的事情。」

相愛，究竟是夠了解對方以後，才會發生的化學變化，還是在不夠了解彼此時就愛上了，才叫做真正的愛呢？

「妳知道柴棒背後是誰在支持的嗎？」

「嗯，調查過。」我點頭。是台灣前幾大企業之一，當初與柴棒接洽時，就稍微知曉他們的背景。

「那間企業的老闆是我爸爸。」

「你爸爸？」我倒抽一口氣。「那你怎麼會開寵物醫院？」

「這是我一直以來的夢想，讓我能在真正繼承以前自由個幾年，做自己想做的事情……」萬宇漢扯了扯嘴角，在思考要怎麼和我說。「這是一個很長的故事……」

「沒關係，我會聽你說。」我坐到了他的身邊，與他十指緊扣。

其實就是老掉牙的劇情，所有富豪人家都會發生的事情。萬宇漢是情婦的孩子，一直以來都被養在外頭，有著不愁吃穿的生活，但他總是過得坐立難安，因為在爸爸沒有過來的時候，媽媽也會鬱鬱寡歡。

媽媽總是會說：「你要加油，有一天爸爸會把我們接回去，那時候，你一定要好好表現，才不會被哥哥比下去。」

爸爸的正室是政策聯姻，但即便如此，兩人似乎也是有談了戀愛才結婚，幾年後生了一個兒子，叫做萬永玹，也就是萬宇漢的哥哥。

然而萬永玹卻在高中時因為偷騎機車、發生交通事故，導致嚴重出血，緊急送往醫院。一開始，萬家人都很緊張，聽到醫生提血液庫存不足時還紛紛挽起袖子準備捐血，只見母親面有難色地想阻止，卻來不及制止醫生說出萬永玹的血型是B型。

這讓做父親的頓時一愣，自己和妻子都是A型，怎麼可能生下B型的孩子？

於是一個殘酷的真相便如此被揭發——萬永玹並不是萬家的骨肉，而是母親與婚前的戀人外遇生下的。

萬家和女方家庭都是有頭有臉的人物，這等丟臉的事情怎能外傳，於是兩家人協議，對外，萬永玹依然是萬家長孫，在萬家生活著；但於內，上上下下全知道萬永玹是太太紅杏出牆的孩子，是萬家之恥。

於是，萬宇漢和他的媽媽便出現了。

這時，元配天崩地裂，因為萬宇漢的媽媽也是爸爸年輕時的戀人。元配這才明白，夫妻倆半斤八兩，即便他們結婚前是真的談過戀愛，但最終，婚姻還是建立在政策聯姻上。只是元配的運氣比較糟糕，她和外遇對象的孩子先出生了，因此只能無條件地接受這新來的小老婆和萬宇漢。

「我很小的時候，就知道我的爸爸是誰，知道為什麼我們不能住在一起，知道我媽媽的角色，知道爸爸偶爾會帶著禮物來見我。為了我媽，我見到爸爸時會表現得非常開心，會將他送我的所有東西穿在身上。我忍下了一切寂寞和不安，但其實……那也不是為了我媽媽，我是真的開心。」

我想起了小二時轉來的萬宇漢，腳上總穿著那雙不合適的皮鞋，原來那就是他爸爸送的禮物。如此高貴精緻的鞋，卻穿在一個需要玩樂的孩子身上。

仔細想想，我去萬宇漢家的那一次，他說他爸爸來了。他用的是「來了」，當時的我只覺得奇怪，卻沒深入細想那用詞的差異。

而也是那次，他換上了閃亮潔白的球鞋，那也是爸爸送來的禮物吧？

「在遇見妳之前，我的心情全部跟隨著爸媽起伏，但是之後妳出現了，每天陪我上下課，成為了我最期待的事情。妳知道有時候，我還會故意讓妳多等一下，只為了多看幾眼妳等著我的小小背影。從來沒有人在我不理睬對方後，還像妳那樣願意接近我，妳幾乎是當時我那小小世界之中，最重要的存在。即便當我知道妳是為了貼紙才和我當朋友時，我也沒那麼傷心。我真正難過的是，妳喊了我娘娘腔。」

「我……」

「我知道，妳不用再道歉，妳已經說過好幾次了。但即便如此，我也不曾討厭妳，我想著要改變自己之後再去找妳，再一次和妳當朋友，然後向妳告白。」萬宇漢說到這邊搖了搖頭。「但我爸爸在我國二那年要我們回去萬家，我媽很高興，那是她此生最大的願望，而這就是我轉學的原因。我知道回到萬家後，我會失去什麼，但唯獨妳，我不想什麼都沒說就離開，只可惜最後……我只對妳說了再見。」

「那你身上的這些傷……是回到萬家以後，大媽打的嗎……？」我撫著他的傷。

「不是，不是這樣。」他抓住我的手。「這對我來說，是一種表達愛的方式，或許扭曲，但確實是這樣。」

萬永玹，他的哥哥，那沒有血緣關係卻依舊是萬家長子的可憐孩子。

「其實對我來說，爸媽的事情、萬家的財產等等，都不是我最在意的，而是當我知道那個家有個年紀大我一點的哥哥時，我非常高興。」

但是從小就是一個汙點的萬永玹，活在萬家就像是處在地獄一樣。他受到了許多不公平的對待，而他的媽媽也因為內疚，不敢反抗丈夫對萬永玹的毒打。

萬宇漢的到來，更是將萬永玹推入了無盡深淵之中。

「我身上這些傷痕，萬永玹的身上也有。當我第一次看見他縮在黑暗的角落哭得發抖，對我來說有多麼衝擊……明明是一個高大的少年了，卻像是個飽受驚嚇的小孩般。他忍受了爸爸多少年的拳打腳踢和言語傷害？所以我想告訴我哥哥，我的到來不是毀了他，而是幫助他。」

「你的意思是，這些傷痕是你哥哥打……」

「不是，是我自己打的。」他露出笑容。「他身上哪裡有傷，我便也弄出一樣的傷；他身上多出了新的傷，我便也會在一樣的地方弄出來。於是，我的爸爸終於不再對他動手。」

我摀住嘴，不知道萬宇漢和我分別後，經歷過這樣的事情。

「即便是我自己弄的，但還是很痛，痛到我曾大哭，痛到我想要放棄。」他扯了嘴角。「每當那時候，我便會去看看妳。」

「我……」我瞪大眼睛。

「我知道妳上了哪一間高中，所以感到痛苦的時候，我就會蹺課去那邊看看妳，見到妳穿著制服笑著走出校門時，我便覺得，至少妳的笑容沒變過。我也好幾次回到以前我們散步的地方，看著妳和黑點在公園奔跑的模樣。那段時間，是妳的笑容支撐著我，讓我覺得自己的正常世界還沒有瓦解。」他聳聳肩膀。「最後，我看見了妳和一個男孩走在一起，便覺得自己也該離開妳了。」

是徐光威……我高中時期，就只有徐光威，而我會和徐光威交往，也是因為萬宇漢教會我不要徒留遺憾。

我忍不住哭了起來。「要是我們現在沒有相遇，沒有發展成這樣的關係，我不就永遠不會知道這些事情了嗎？」

「要是我們沒有相遇，我的事情，妳也不會在乎了，不是嗎？」

「怎麼可能！我一直記得你啊！你是我的青春回憶！」我抱緊了他，謝謝他告訴我這一切。

而萬宇漢也回抱我，如此用力、如此深情。「但最重要的事情，我還沒告訴妳。」

他的婚姻。

即便萬永玹脫離了爸爸的虐待，但他在萬家依舊沒有太大的地位，好在萬宇漢一直站在他身邊，讓萬永玹不至於崩潰。

隨著年紀，他們也逐漸成長為能夠自力更生的男人。萬永玹對萬家一直沒有情感，也對他的媽媽、爸爸沒有任何留念，很早便離家了。

而萬宇漢雖然也想離開，但媽媽還在萬家，和爸爸過著幸福快樂的生活。所以他便待著，接受所謂的接班人菁英教育。直到有一天，爸爸要他和安排好的人選結婚，那個瞬間，他爆炸了，發現自己的人生幾乎都在父母的安排下走著，這樣的他是誰？

他是萬宇漢這個人，還是只是父母的孩子？

他極力反抗，卻換來了爸爸一句：「這是萬家人該盡的義務。」

而媽媽明明也是這「義務」的受害者，卻也只是站在後面，要他聽爸爸的話。

所以那天，他徹底心死了。

就在他收拾東西要離開，準備丟下一切後，接到了萬永玹的來電。

「語馨算是我們的青梅竹馬，我以前從來沒發現，原來她和我的哥哥互有好感，甚至一直延續到了長大以後。」

我瞪大眼睛。語馨不就是……他的老婆嗎？

「如果我不娶她，語馨的家人也會讓她跟其他企業家配在一起。但語馨和我們不一樣，我和我哥必要時可以拋下萬家離開，但語馨沒辦法拋棄她的家庭，沒辦法拋棄她的母親，身為豪門之後，很多時候是沒有選擇的。如果語馨和我以外的人結婚，我哥就永遠不可能和她在一起，所以他們求我答應這門婚事，圓他們的夢。」

萬宇漢苦笑了一下，打開了手機，調出一張照片。

那是一個和萬宇漢完全不相像的男人，摟著那個我曾在LINE看過照片的女人，相片中的他們幸福洋溢，而日期是今年。

「他們怎麼這麼自私？那你的幸福呢？你為了你哥哥犧牲了多少？」

「那我的哥哥又做錯了什麼呢？他對我就像是親弟弟一樣好，每一次在我弄傷自己的時候，他總是阻止我、總是哭著幫我搽藥。我們不是親兄弟，感情卻比親兄弟還要深。」他激動地說：「這對我來講並不是犧牲！」

「那我呢？萬宇漢，我們之間的結局呢？」我掉下眼淚。難道最後我們只能以這樣的方式在一起嗎？

情感上是契合的，名分上卻是悖德的。

「總有一天會解決的，我們會找到方法的。」萬宇漢抱緊我。「我們會找出，大家都能幸福的路。」

「那我願意和你在一起，陪你找到幸福的路。」↓翻至第262頁

「我沒有辦法，你走吧。」↓翻至第212頁

18 祝福

我咬牙，心一橫，認為自己和徐光威目前的狀況，撇除曾是男女朋友這一點，我們也算是曖昧中吧？

所以我決定跟高中時期一樣，直接走到徐光威的身邊。

「徐光威。」我喊了他的名字。

他轉過頭看見我，而那女人也抬眼看著我。

「盛真卉，妳怎麼……」他瞧見了我手中一大堆的珍珠奶茶。「這該不會是……」

「對，我怕你又沒吃東西，剛好過來開會就順便……」我將整個提袋遞過去，徐光威開心收下，然後看向那女人。「我有多買很多，妳要不要也一杯呢？」

「謝謝妳的好意，但我不喝手搖飲料。」女人禮貌地婉拒，雙眼很快地打量我一下。「我叫張沛語，請問……」

「啊，我介紹一下，張小姐是我們副院長的女兒，剛從國外回來，之後會在我們兒醫科任職。」徐光威介紹得詳細。「這位是盛真卉，我的高中同學。」

這句話讓我內心一揪。高中同學。

但也是啊，我還期望他會怎麼介紹自己？難不成是前女友嗎？

一定也就是高中同學了。

只是我原本期望得更多……

我強撐起的笑容在張沛語眼中展露無疑，她似乎勾起了淺淺一笑。

「原來如此，高中到現在還會聯絡真讓我羨慕，我的朋友都在國外了。」張沛語說完，還親暱地拉起我的手。「既然妳是徐醫生的好朋友，那也是我的好朋友了，以後請多多指教。」

「啊……多多指教。」她在對我下戰帖。無論是不是我多心都好，她確實對徐光威有好感。

「妳什麼時候開始看診？」

然而徐光威沒發現女人間的暗潮洶湧，還傻愣地問著不相干的問題。

「下個月。」張沛語瞇眼一笑，然後朝我和徐光威微微頷首。「我等等還有研討會，先失陪了。」

我第一次親耳聽人家說出失陪兩字，讓我不禁感嘆對方的好家教。

如果是別人的話，我可能覺得有些假掰，但是張沛語給人的感覺就是一個好小姐的模樣。

「今天謝謝妳，我還真的沒吃東西，妳在這邊等我一下。」徐光威說完便拿著珍奶進了急診部，過了一會兒又跑了出來，還一面掏錢給我。「來，這些給妳。」

「不用啦，沒關係！」我趕緊說。

「要啦，如果只有我一杯，那讓妳請沒關係。但那麼多杯，沒必要讓妳破費啦！」他邊說邊塞給我幾百元，我扯了扯嘴角，只好收下。

「我剛剛聽到護理師在說，那位張小姐好像對你有意思。」我裝作漫不經心。徐光威聽到我說的話，差點把珍珠噴出來。

「護理師還真是大嘴巴，雖然是有點這種感覺，但是歸國子女本來就比較熱情，況且那樣的身家，應該會找其他地位更高或是家世更好的人才對。」徐光威搔搔頭，然後吸了口珍奶，看著我笑了笑。「話說回來，妳剛剛那樣子，好像高中時代喔。」

「哪樣？」

「就是直接跑到我旁邊和其他人打招呼。」他說完，抓了抓鼻頭。「雖然現在的狀況和以前完全不同，只是剛才那樣讓我想到高中時期，當時明明很氣妳跑過來，可是剛才卻覺得很有趣。」

「這是什麼意思？」

「果然身分不一樣，感覺就會不一樣。」他用手肘頂了我一下。「以前妳太喜歡我了，一切行為都像是在宣示主權，讓我有壓力。但重逢的這些日子，妳待我就是很好的朋友的表現，所以讓我自在無比，還提供了臨時去處，我真心感謝妳。」

徐光威的話宛如一把鋒利的刀劃在我的心上。果然這些日子的來往，是建立在曾經熟悉但如今已無可能的狀態之下。

沒想到，這輩子我差點喜歡上同一個人第二次，好在到了這裡，也就明白徐光威的行為所代表的意義。

「所以你一直以來……都像是朋友般地對待我囉？」我反問。

「應該說……最一開始我的確輕忽了，因為景容的婚禮而對妳不禮貌，這點我深刻反省也和妳道歉。而之後也因為過去傷害了妳，所以帶著愧疚……」他停頓了一下，露出尷尬的笑容。「我啊……後來對妳一直有種親切的感覺，但是分不太清楚是好感或是熟悉感。不過，我剛才釐清了。」

好感？我聽到了什麼？

我怔怔地望向他，等待他說出下一句。

「我這段時間一直在思考，重逢以後對妳的依賴，是我喜歡上妳了，還是說只是一種懷念？但是看著妳剛才跑出來的模樣，我忽然覺得很好笑、很有趣，想起了妳高中跟我告白那天的情景，啊，原來是一種懷念啊。」

我無法形容自己的內心多麼百感交集。我以為自己改變了，但沒想到一切都如同高中時期一樣。

也許每一次相遇，我都可能再次喜歡上徐光威，但每一次相遇，徐光威都不會喜歡上我。

無論我經過多少時間歷練、成長為怎樣的人，總是有個人，永遠不會愛上我。

不能說我不難過，但比起難過，卻更多了另一層的東西。

「也是呢，我們或許比較適合當朋友。」我露出釋然的笑容。「現在和你相處比起過往輕鬆多了。」

徐光威聽完也笑了起來，一邊嚼著珍珠說：「我聽過一個說法，有些人是談了戀愛以後，才得到人生最重要的好朋友喔。」

「你的意思是說我跟你嗎？」我搖頭嘆氣。「那這樣我的代價也太大了吧？當時還傷心很久耶。」

「那件事情，我跟妳道歉。」然後他壓低聲音。「妳也見過我在計程車上哭成那種糗樣了，多少也讓妳平衡一點了吧？」

「大概吧。」我笑了笑。「所以你對張小姐到底有沒有興趣呢？」

「不算有，但誰知道未來呢？」他再吸了口珍奶。「不聊了，我先回去了。」

「欸，要是你有了喜歡的人，就別再來我家了，知道吧？」

「那當然。」他揮了揮手，和我說了再見。

而我看著急診室的自動門關起，也輕輕地說了聲：「再見。」

再見了，我的初戀。

我也要走了。

♦ ♦ ♦

過了一陣子，在張沛語積極的進攻之下，徐光威終於和她共進第一頓晚餐。之後他興高采烈地跟我說，張沛語比他想像的還更有個性及想法，加上兩人都是學醫的，擁有很多共同話題，還能進行激烈的辯論，使得兩人彼此的好感度急速上升。

很快地，徐光威便不再來我家了。

那些屬於他的小東西，就這樣放在我這裡，彷彿不斷提醒著，他曾經待過這裡。所以我將那些東西都收到了小袋子之中。其實並不多，就是沐浴乳和一些忘記帶走的衣服。

要是不說，人家還以為他是我的男朋友呢。

想到這裡，我就不禁一笑。要是張沛語知道的話，一定會生氣呢。

之後的某天，徐光威說要來找我。

我原以為他是要來帶走自己的東西，可是他卻拿了張紅色的紙給我。我忍不住一笑，轉身把那個提袋交給他。

「妳都收好了喔？」他接過紙袋。

「總是該整理好。」

我接過那張紅紙。

「是啊，沒想到呀……」

「哪，徐光威，」最後了，我想問出那句話。「在你頻繁出入我家的那段時間之中，有沒有一絲絲想過與我復合嗎？」

他看著紙袋裡頭，扯了下微笑，抬眼看我。「不能說沒有，也不能說有，就如同我說的，一開始無法釐清自己的感覺。」

我失笑。「這麼模稜兩可的回答？」

「大概就像是水有沸點一樣。」

他舉了一個例子，我想了一下，嘆了氣。

「那妳呢？」

「大概也一樣吧。」我說。我們都沒達到那個彼此內心能夠沸騰的溫度，總是差了那麼一點點。

我是在哪邊，做錯了什麼呢？

讓他產生了那種「我們只能當朋友」的感覺呢？

有沒有曾經哪條路，會帶領我們走向不同的結果？

還是說，無論哪種選擇，我與他就只有這一種結局？

但我永遠，都不會知道答案了。

最後在他離開前，輕輕地摟了我一下。

「謝謝妳，盛真卉。」

「恭喜你，徐光威。」我也輕輕地回抱了他一下。

也許曾經的短暫交往，真的，就是為了擁有這樣一個好朋友吧。

我看著那張紅色喜帖，在心中祝福他與張沛語，能夠幸福快樂。

◆
◆
◆

「沒想到徐光威就這樣和別人結婚，而且還邀請妳。」

參加完徐光威和張沛語的婚禮，在我和劉婕方回家的路上，她終於小心翼翼地說出她的感言。「我以為你們會復合。」

我看著天空，陽光普照。

「我也曾經這麼以為過。我一直想著是不是自己哪邊沒做好，或是哪邊沒選擇好，怎麼多年前、多年後，他都沒有發現我的心意？」

是不是我們的頻率一直都不在同一個區塊，所以無論彼此如何調整，始終無法對應到對方。

「可是，我今天看著他和張沛語走過紅毯的時候，我發現自己一點都不感傷了。這跟當年看到景容的時候完全不一樣，我很難描述那樣的心境，我沒有逞強，也沒有不甘，就只是看著西裝筆挺的徐光威，然後深深覺得……啊，那是我的初戀男友，他今天結婚了。」

就這樣的心情，真的，連我自己都很訝異。

劉婕方皺眉癟臉，然後用力地抱緊我。

「我懂啊，我懂這種心情。雖然很想叫妳在敬酒的時候去潑他酒，但事實上，妳能這樣子想，我更高興。」

很難發覺自己在哪個時候成長了，直到真的遇到了某個人、某件事情，妳發現自己的心情意外平靜，且能心甘情願地接受一切的時候，才能真正地意識到自己長大了。

一直以來，或許我潛意識中對於初戀男友都有一種怨懟，或許和徐光威的重逢，不是為了再續前緣，而是為了了結那段怨懟，讓我的心靈從此更加健康。

我想起在送客時拿了張沛語手中的喜糖，對她說了那句「恭喜」。她帶點疑惑地看著我，明白了我的放手，她也放心地微笑。

「謝謝。」

「謝謝妳今天過來，真卉。」徐光威這麼說。

這一次，是真的跟我的初戀男友說再見了。

還有那一句我一直沒說的——

「謝謝你，徐光威。」

19 遲疑

我縮回了腳，舉步艱難，彷彿回到高中那一天的補習班前，然而此刻的自己卻更沒資格上前。

所以我往後退了，縮回陰暗的角落中。

在離開以前，我回過頭再看了他們一眼——見到那位張小姐湊上了徐光威的唇，與他親吻起來。

我捂住自己的嘴，不再多看，立刻逃離現場。

在那之後，我沒有主動再找徐光威，他也沒有找我。或許他最後和那個張小姐在一起了吧……

我不想去想，就算如此，也已經不是我的事情了。

「真卉，我這邊有電影票，妳要不要？」小藍拿著公關票過來，但我搖頭。

「妳和男友去看吧，我就算了。」我聳肩。

「好吧。對了，妳早上外出的時候，有人打來公司找妳，我就給了妳的手機。」

「有說哪家公司嗎？」因為我們平常也會提供手機給廠商，所以客戶來電時也會習慣性地把同事的號碼給對方。

「我當時很忙，忘記問了，他應該會自己跟妳聯絡。」

「但我沒有未接來電。」

「會不會是傳簡訊呢？」小藍問。

「是嗎？我看看。」

我點開手機訊息處。這裡總是充滿一堆廣告簡訊，所以很少進來看。

「盛真卉，我是萬宇漢。過了這麼久，我想妳大概不會聯絡我了，我只是想跟妳說，祝福妳一切安好。」

沒想到會收到萬宇漢的訊息，這讓我有點訝異。

我思考了半天，最後還是沒選擇回應他。就讓和他的緣分停在那裡就好，無須重新聯絡了。

與此同時，我的手機忽然響起。

我嚇了一跳，是徐光威的來電，於是下意識便按了接起。

「妳在上班嗎？」他的聲音聽起來很沮喪。

「嗯。」我忍著情緒，簡短回應。

「能不能和我見一面？」他問。

「我不想。」我快忍不住眼淚了。「我在上班，先這樣子。」說完後我立刻掛斷，然後假裝咳了幾聲，最後忍不住衝進廁所。

他終於打電話給我了，但是他要說什麼？

他已經和張小姐接吻了。我忘了他是曾經劈腿的人啊，他或許以為我不知道，所以想要腳踏兩條船，又或是他想當面拒絕我。

我不想連那僅有的自尊都丟失，所以不想跟他見面。要是我又在他面前哭了呢？他會覺得我很可悲吧？

又或者，他會因為我的眼淚心軟，選擇待在我身邊？

無論是哪種，我都不想要，那又何必和他見面呢？

我從廁所的鏡子中看見自己難看的臉色，覺得這樣沒辦法工作，便決定將特休用完，請了下午的假。

就在我從一樓電梯出來時，赫然發現徐光威站在大門那裡。

我一愣，他也因為見到我而愣住。

他又在樓下等我了？要是我沒提早下班，他要等到什麼時候？

但我現在不想見他，於是立刻轉身要按電梯再上樓。

徐光威立刻跟了進來。「真卉，我們談一下！」

「我和你沒什麼好說的！」我大喊，引來了一樓警衛的注意，立刻要過來幫忙。

但是徐光威接下來的話卻讓我差點噴飯。

「就算妳要選擇妳男朋友，也要聽聽我的感覺吧！」

我停下來，詫異地看著他。「你說什麼？」

「我知道妳有其他對象，我也想過不要出現……但我受不了這種狀況，所以我一定要說清楚。」

他的臉色看起來十分痛苦，但我卻聽不懂他的話。

「你在講什麼，什麼其他的對象？」我瞪大眼睛。「有對象的是你吧？」

「蛤？我沒有啊……」他搞不清楚狀況似的。

「我也沒有啊！」

警衛看我們兩個越看越尷尬，退回自己的崗位。我乾笑地朝警衛點點頭，對徐光威說：「我們換個地方聊吧。」

「嗯。」徐光威點點頭，手伸出來就牽住我的手。我趕緊用力甩開，但是徐光威又給我牽上，我再甩，他再牽。

我明白了他會這樣不害臊地跟我耗下去，所以當他再次牽上的時候，我便放棄了，旁邊的人一定覺得我們兩個在搞什麼鬼。

就這樣，他牽著我來到附近的連鎖咖啡店，但我想我們要討論的事大概不適合人多的地方，所以提議到公園去。最後我們選了一個比較沒人的角落長椅坐下，兩人都有些尷尬。

「看樣子好像誤會什麼了……」徐光威開口。「妳怎麼覺得我有其他對象？難道就因為我曾經……所以妳就覺得我一定會？」

「我看見你和那個張小姐接吻了。」我直接說。

「妳怎麼知道？」他驚呼。

我怒視他。「因為我親眼看到了！」

「那是她湊上來，妳應該也看見了，我有推開她。」徐光威解釋。

「我沒看見，我就走了。」他要怎麼說，我都無法求證。「那你又怎麼會以為我有男朋友？」

「因為妳家裡有保險套。」

他講得直接，我整個人大聲地「蛤」了一聲。

「那是以前的男朋友留下的，我怎麼知道會用得上？」物品是無罪的啊！「就因為這樣？所以你的反應才這麼奇怪？」
「還有就是……妳的反應和以前不一樣。」
「高中離現在多久了，我們當然都不一樣，你怎麼不說你駕輕就熟？」
「妳覺得我駕輕就熟？？」徐光威怪叫。「妳是跟誰比較？我比誰駕輕就熟？」
我簡直要瘋了。「你在說什麼啊，我當然是講高中時候的你！」
徐光威一愣，意識到自己說了什麼怪話，握緊拳頭。「妳、妳還不是一樣。」
「徐光威，你現在是在跟我吵我們這些年的轉變嗎？如果是這樣子，我們要來翻舊帳嗎？」
「我當然知道時間過了很久，我們都經歷過許多不同的戀愛。」他捂住臉，看起來十分懊惱。「只是我覺得，明明我們都是彼此的第一次，為什麼卻是在別人那裡成長為不熟悉的模樣？」
對於徐光威的反應，我很詫異。
「你會在意……這種事情呀？」
他的眼睛從手指間的縫隙看著我，臉頰甚至有點紅暈。「……不行嗎？」

天啊……他也太可愛了吧！

「所以你是因為……覺得我的反應和以前不一樣，加上懷疑我有其他對象……所以才……」我努努嘴。「不跟我聯絡？」

「都有，但我最後想想，還是應該要當面和妳說清楚……」

我簡直不敢相信事情會這樣發展，徐光威會跑來和我解釋這一切。

他抓住我的手。「張小姐真的是她自己一廂情願，我和她完全沒有任何曖昧。」

「所以你……不是想玩玩而已，你喜歡我，是嗎？」我低下頭。

「對，我喜歡妳。妳願意……和我重新交往嗎？」他真摯地說。

我當然也喜歡他，可是他和張小姐的後續，我並沒有親眼見到。

況且當年他和景容的事情對我影響很深，我要答應他嗎？

我能相信他嗎？

他難道不會再一次地背叛我？

他說了喜歡，是真的喜歡？

江山易改，本性難移……

難道不會在我真的喜歡之後，他又遠離我而去？

也許徐光威只是喜歡挑戰，挑戰那些不愛他的人，等他到手了以後，又會離去……

我猶豫了……

問徐光威過去和景容的事情。↓翻至第266頁

「我們當然重新交往。」↓翻至第276頁

20 攜手

所謂幸福的路，並沒有太艱難，但也沒有太容易。

應該說，當彼此相愛的時候，解決的路彷彿就更清晰一些了。

萬宇漢確實愛著我，所以，我和萬永玹和語馨見面了。

他們一邊哭，一邊對我和萬宇漢道歉，說因為他們的自私，讓萬宇漢失去了太多。

這些年他們自責不已，但又沒有勇氣放萬宇漢自由，只怕兩人的愛情會被拆散。

所以當他們聽到萬宇漢找到了想守護的對象時，他們終於鬆了一口氣，也有勇氣做出早該做出的事情，來回報萬宇漢這些年的付出。

我不用「犧牲」兩字，因為在這段情誼裡頭，沒有誰是犧牲，都是為了彼此付出。

他們直接對記者放出消息，讓他們拍到語馨和萬永玹約會的照片，藉此逼兩方父母放手。隨後語馨也公布自己懷孕的消息，孩子的爸當然就是萬永玹。

正當記者用聳動的文字寫下萬家兄弟搶一女的標題時，萬永玹再次投下震撼彈，說出自己真正的身世，還有萬宇漢的犧牲。

萬家企業的股價一路下滑，萬家忙得人仰馬翻，氣得要他們滾出萬家。

然而萬永玹說，他從來都沒感覺過自己待在萬家。

語馨懷了孩子，成為母親，為了不想失去孩子，有了更加珍惜的人後，她選擇了放下自己的原生家庭。她在某個夜晚抱緊了我，要我珍惜自己的幸福，與萬永玹消失在暮色之中。

要再聽到他們的消息，大概會是很久以後了。

至於萬宇漢，他的柴棒寵物醫院被他爸爸收了回去，撤了資金，想用經濟逼萬宇漢投降。然而父母是不是都忘記，我們已經不是當年連吃飯喝水都要他們照顧的孩子，只要拋棄部分的富裕，還是能過著屬於自己的日子。

「我這些年已經被情緒勒索得太久了。」離開了萬家，才真正感受到自由。

但在這些年，萬宇漢早就在業界做出了口碑與人脈，自己開了一間雖然規模小了很多，但相對來說也溫馨無比的寵物醫院。

怡津也跟了過來，即便薪水沒有以前那麼多，她也願意。

「眼前有真實童話上演，我一定要待在搖滾區呀！」怡津對於我們的愛情故事一直保持高度的興趣。

劉婕方則是在一切事情都解決後，才知道我和萬宇漢的糾葛，對此非常不高興。

「妳這麼痛苦時，我居然沒陪在妳身邊。」

於是，就這樣，在我們經營了寵物醫院的一年後，某日下午帶著黑點去散步，天空忽然下起了大雨，我們趕緊跑到騎樓下躲著，黑點在一旁因為雨水而興奮地跳著。

「傻瓜，妳不是一直都在嗎？」這大概是我們這十幾年來，最噁心的一段對話了。

「盛真卉。」忽然，萬宇漢喊我。「我現在不是娘娘腔了吧？」

聽他說出多年前的那句話，我打了他一下。「從來就不是。」

然後，他忽然抓住我的手，將一個圓形東西套在我的手指上。

「妳要為妳當時說的話，賠償我一輩子。」

我看著閃閃發亮的戒指，綻放笑容，緊緊抱住了他。黑點也開心地在一旁跳著。

時間能夠帶走很多事情，改變很多事情，然而最後留下的那些，經過歲月的醍醐，會成為難以抹滅的深刻事物。

就像是萬宇漢一樣。

獻給距離幸福只差一步的你

21 心結

「我有問題想要先問你。」我咬著唇，認為這是很重要的問題。

「妳問吧。」看著我的神情，徐光威也嚴肅起來。

「我想知道，當初你為什麼會喜歡上景容？」這是我內心深處的疑問，即便現在的我可以丟掉這個疑問，好好地和他在一起，但我還是想要知道過去的答案。

因為當時的我沒勇氣接受，不明白為什麼自己付出了一切真摯的情感卻換不回對等的愛情，甚至無法正視自己不被愛的事實，更無法接受他愛上了別人。可是如今，我已經不同了，我能成熟地面對一切，能接受一切的殘忍事實，每一次的傷害，都讓我更加無堅不摧。

而這也是我和徐光威之間最大的癥結，我們必須跨越過去的地方。

「但那都是過去的事情了。」
「我想知道，況且你參加完婚禮之後在計程車上哭了，你記得嗎？」
他聳聳肩，表示記得。
「在我們重新交往以前，我想知道這個答案。」
徐光威思考了下，又坐回長椅上，嘆氣地說：「其實一開始，我根本對她沒有任何興趣。」
他說起好久以前的事情。
當初和我交往，他確實是覺得我很有趣，和一般的女生不一樣，加上我的外型是他的菜，便答應了。
可是交往以後，我和他想像的落差太大。我總是乖乖跟在他身邊，像個機器人一樣，對他言聽計從。一開始他雖然也懷疑這樣真的是交往嗎？但事實上，這樣的相處方式也確實方便很多，於是他沒有太在意。
況且，當他想跟朋友玩樂時，我也不會吵鬧，講白一點，就是一個你需要時我會在，你希望我安靜時，我就安靜的方便女人。

當然我聽到他用「方便」形容的時候，還是打了他一下。但不可否認的是，我當時確實是那樣。

後來，景容來到了補習班。

景容的外型完全不是徐光威喜歡的，兩人在補習班裡頭也沒有交集，直到某天他因為我放學的魯小而遲到，補習班後面的位置都沒了，只剩下景容身旁的位置沒人。

於是徐光威坐過去。他本來就是屬於一點就通的類型，所以每當自己聽懂了老師說些什麼，便會開始不專心地和其他人玩耍。

景容在他和其他朋友第三次低聲說話的時候，直接開口制止。「這位同學，如果你要一直吵，那就坐到後面好嗎？」

徐光威是個受歡迎的人，就算在學校的課堂上講話也不會有人制止他，有時候連老師都覺得他很幽默。因此當景容出聲制止時，徐光威愣住了，下意識地低聲回：「吵什麼吵，醜女。」

聽到這裡，我噗的一聲笑出來。

「你真這樣說？」

他聳肩。

「好像屁孩喔，那時候都已經高中了耶。」

「對啊，所以我對於自己會那樣出口罵一個女的很愧疚。」徐光威扯扯嘴角。

其實他在罵出口的當下就後悔了，原本還以為景容會哭，沒想到景容只是咬著下唇，轉過頭看向白板。

也因為呼風喚雨的徐光威當下那句「醜女」，導致補習班的同學有一陣子都喜歡叫景容醜女，這讓他的愧疚感更重了，卻一直拉不下臉道歉。

就這樣，景容在補習班越來越安靜，每次下課休息時都會縮在自己的位子上看書，只有上課的時候會抬頭挺胸地看著白板。

那堅強的模樣，無形之中吸引了徐光威。

「其實應該是說欽佩。」他更正。

「你真的是個屁孩。」我又補刀。

「我知道，所以之後有一次，補習班的人因為景容模擬考考了第一名，開始嘲笑說『醜女也只剩下成績可取』之類的話時，我頓時覺得自己該處理一下，就大喊『能叫她醜女的只有我。』然後，班上的嘲笑就變成另一種了。」

「然後就喜歡上她了？」

「沒有。」徐光威繼續說。

那次以後，班上的人總喜歡調侃他們兩個，徐光威其實知道大家開開玩笑的，畢竟補習班有許多同高中的人，他們都知道我的存在，也認為徐光威不可能會喜歡上景容那樣的女孩。

然而景容不知道我的存在，她在情人節當天送了巧克力給徐光威。「別誤會，這只是謝謝你那天幫我解圍，但你知道你還欠我一句道歉嗎？」

「道歉？」徐光威愣了。除了巧克力之外，還有景容的話語。

「是你的錯卻叫我醜女，還讓我在補習班上被嘲笑好一陣子，你不覺得你有錯嗎？」景容抬高下巴。

「這……我不都已經解圍了嗎？」

「但你該跟我道歉，對不起三個字不難吧？」景容看著他，圓潤的臉龐和清澈的雙眼，不帶著一絲別有用心。「跟著我說，對、不、起。」

「對……不……」徐光威停頓了很久很久。「……起。」

景容嚴肅的臉龐笑了起來。「這三字對你來說那麼難嗎？」

那是徐光威第一次看到景容的笑，或許那就是他心動的瞬間。

後續也不用多說了，只要有了心動的契機，再多一點點相處互動的了解，很快地，他們就有了彼此欽慕的愛意，只是隱藏得很深，補習班的人也沒察覺異狀。

景容或多或少也帶著「外型與徐光威不相配」的自卑心，不太常和徐光威面對面地互動，兩人說最多話的地方是在聊天軟體上，那時也被我發現，至於之後的事情，我們都知道了。

「我們交往的日子其實不長，和妳分手以後，我和景容也考上不同的大學……」他停頓了一下。

我想起劉婕方以前和我說過，徐光威即便到大學一樣很受歡迎，加上大學女生追求的行為更加大膽，而且以他不避嫌的個性，想必景容那時一定很痛苦。

「我想景容一定很不安吧？」我瞇眼。「你既然喜歡她，應該在交往的時候，對待她的態度和對待我應該不同吧？」

他用力搖頭。「可悲的是我都一樣，甚至還曾經對她說出：『為什麼真卉很聽話，妳卻不聽話？』這種話。」

「哇，你真是糟糕。」我說完這句話，笑了起來。

「妳笑什麼？」

「雖然我能夠體會景容的心情，但想到你們都不好過，我也就稍微開心了一點。」我聳聳肩，說出自己真實的想法。畢竟我當時真的很難過啊！

「妳跟以前真的好不一樣，也許這才是妳的本性對吧？」

「怎麼，不喜歡？」

「當然不是。」他扯了扯嘴角。「所以後來她提分手，說我沒給她安全感，然後也厭惡我一直拿她跟妳做比較。」

「等一下，她該不會一直都不知道，你是真的喜歡她吧？」

「不需要我說，她也應該要知道的，不是嗎？」徐光威偏過頭。

「我的天喔，她大概是認為，你是一個有女友又劈腿到她身上，有一天也一定會劈腿到別人身上的渣男吧。」忽然覺得景容超可憐。

「難怪她會那樣說。」徐光威沉思。「大概對當時的我來說，在戀愛之中要學習的東西還很多。」

「她說了些什麼？」

「她說當初是我劈腿的，所以她早就有心理準備，不如在我開口前她先開口說分手，省得她傷心。」

他當下其實受傷很深，但是醫學院很忙碌，他並沒有太多心思和時間療情傷，後來也輾轉交往過幾個對象，但內心深處其實一直對於景容的事情無法釋懷。

「我傷害了妳，這無庸置疑。但我明明喜歡著景容，她卻完全沒感受到，讓我滿受打擊的。後來知道她要結婚了，而且對象又是那種……我知道不能以貌取人，可是啊，我就是過不去自己心裡那一關。」

所以他那段時間內心滿滿都是景容，與其說是無法忘懷，不如說是無法忍受曾經也付出情感的自己，卻不被理解，最後甚至在誤會都沒有解開的情況下，景容還邀請他參加自己的婚禮。

而就這麼巧，他和我重逢了。原以為我不會和他聯絡，卻接到了我的電話，所以他想讓景容後悔，或是說在婚禮上羞辱景容。

因為景容一直以為，徐光威忘不了我。

「所以你一開始約我去喜宴，確實就是在利用我啊！」講到就氣。

「我不是要合理化自己的行為，而是妳打電話過來的時機真的太湊巧，同一個禮拜六就是景容的婚禮。」徐光威雙手合十對我道歉。「可是相信我，最一開始在樓梯間遇到妳的時候，我真的只是單純想和妳敘敘舊，順便和妳道歉，只是一切都亂了……」

「我還是很生氣，但能夠理解了。」

「那這樣的話……妳還能相信我嗎？」徐光威問。「妳還願意和我重新交往嗎？」

徐光威喜歡我，我也喜歡他，這一點無庸置疑。

但如同景容的懷疑一樣，他曾經怎麼離開的，會不會有一天也一樣地離開我呢？

我不能說自己已經完全消弭內心的不安，或許我們交往後會度過一段很美好的時間，但最後，我又會傷心，再次回到一個人的生活。

如果是這樣，我是不是乾脆讓自己避免那些傷痛？

「我們當然重新交往。」↓翻至第276頁

好好過一個人的生活吧。↓翻至第174頁

22 平衡

在和徐光威重新交往的一年後，我們決定同居了。

而確定同居後，我也把黑點接了過來。一開始，黑點對徐光威十分警戒，但不用兩個禮拜，已經會在他面前翻身露肚子了。

這段再續前緣並未讓太多人驚訝，畢竟在景容的婚宴上，大夥兒當時都以為我們已經復合。

劉婕方只是說了句：「舊愛還是最美。」

雖然對於吃回頭草這件事情，我本身抱持著高度的懷疑態度，畢竟當初會因為什麼樣的原因分手，就有可能會因為差不多的原因再分開。

只是當年，徐光威從來沒有喜歡上我，而我則是太喜歡他。

愛的比重在天秤上嚴重失衡，導致我們的關係也失衡，因此一個人的安全感成為了薄冰上的巨石，另一個人則成為了那層薄冰。

也許單就當年的結果來說，徐光威變心了，是他的錯。

然而我內心深處其實更傾向一段愛情發生了問題，兩個人一定都有原因。

或許歸咎根本，愛情本來就沒有所謂的對錯，既然我們無法控制愛情的走向，那不如張開懷抱，勇敢接受。

「真卉，這個要放在哪裡？」徐光威比著剛組好的書櫃詢問。

「放在沙發旁邊吧！」我正在擦拭充滿灰塵的陽台。

「欸，為什麼不放在書房？」

我翻了白眼。「那你幹麼問我？」

「想說尊重啊，問一下妳的意見，問完再發表我的意見。」他嘿嘿笑著。

「吼，隨便你啦！」

「又隨便？到時候又說我不聽妳的意見，像上次餐桌的顏色妳也說隨便，結果現在意見一堆。」

我雙手扠腰。「那是因為我想不到你會選一張黃色的餐桌，想也知道餐桌該選冷色系的吧?!」

「誰知道。」他聳聳肩，然後把書櫃往書房搬去。

我在這裡都還能聽到他的碎碎唸從書房中傳來。

「不要一直抱怨！我聽得到喔！」我大喊，笑著轉身繼續擦著陽台欄杆。

黑點興奮地在我們之間來回跑動，明白我們的大聲只是相互鬥嘴的一種情趣。

我總感覺這次的復合，好像才是真正的交往。

也許「互相喜歡」是造就交往的最重要因素，但要能夠維持一段感情，必須要了解、溝通、尊重，然後雙方都願意為了對方各退一步，找到兩人雖然不甚滿意，卻能接受的折衷點。

高中時的我，戀愛觀念太狹窄，窄得只有「我喜歡徐光威」，彷彿那就是愛情的全部，就是最重要的事情一般。

卻忘了讓徐光威了解我是一個怎麼樣的人，沒能讓他明白我的優點與缺點，只是一股腦兒地將「我喜歡他」的情緒，全部壓到他的身上。

我看著眼前夕陽西下，感受微風吹拂，徐光威端著飲料來到我身旁。
「好美。」他說。
「是呀，這裡的景觀真好。」
「我不是說夕陽。」
我抬眼看他，對上了他和悅的雙眼。
「那是說我嗎？」我笑著，湊上他的唇，而他也回吻了我。
也許當初的離別，真的就是為了讓我們各自成長後，再次重逢。
成為那個，更適合彼此的對象。

獻給能夠審視自己、找到不一樣的路的你

國家圖書館出版品預行編目資料

【年少】時光欠我一個你／尾巴 著
– 初版. -- 臺北市：三采文化，
2020.4
面：　公分.（愛寫 42）
ISBN：978-957-658-330-8（平裝）

1. 華文創作 2. 小說 3. 愛情小說

863.57　　　　　109002862

愛寫 42

【年少】時光欠我一個你

作者｜尾巴　封面插畫｜Clea
責任編輯｜戴傳欣　校對｜黃薇霓
美術主編｜藍秀婷　封面設計｜高郁雯　內頁設計｜高郁雯　內頁編排｜陳佩君
行銷經理｜張育珊　行銷企劃｜陳穎姿

發行人｜張輝明　總編輯｜曾雅青　發行所｜三采文化股份有限公司
地址｜台北市內湖區瑞光路 513 巷 33 號 8 樓
傳訊｜TEL:8797-1234　FAX:8797-1688　網址｜www.suncolor.com.tw
郵政劃撥｜帳號：14319060　戶名：三采文化股份有限公司
本版發行｜2020 年 04 月 24 日　定價｜NT$300

suncolor